你也在等人吗

ARE YOU WAITING FOR SOMEONE TOO?

北方有佳人 / 著

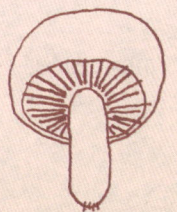

北京联合出版公司
Beijing United Publishing Co.,Ltd.

图书在版编目（CIP）数据

你也在等人吗 / 北方有佳人著. -- 北京：北京联合出版公司，2018.1

ISBN 978-7-5596-1306-6

Ⅰ.①你… Ⅱ.①北… Ⅲ.①随笔－作品集－中国－当代 Ⅳ.① I267.1

中国版本图书馆 CIP 数据核字（2017）第 284928 号

你也在等人吗

作　　者：北方有佳人
选题策划：北京时代光华图书有限公司
责任编辑：昝亚会　夏应鹏
特约编辑：王芸斐
封面设计：介　桑
版式设计：冉　冉

北京联合出版公司出版
（北京市西城区德外大街 83 号楼 9 层　100088）
北京海纳百川旭彩印务有限公司印刷　新华书店经销
字数 173 千字　880 毫米 ×1230 毫米　1/32　8.5 印张
2018 年 1 月第 1 版　2018 年 1 月第 1 次印刷
ISBN 978-7-5596-1306-6
定价：46.00 元

未经许可，不得以任何方式复制或抄袭本书部分或全部内容
版权所有，侵权必究
本书若有质量问题，请与本社图书销售中心联系调换。电话：010-82894445

序
致陌生或熟悉的你

哈喽,当你看到这封信的时候,它已经经历过几十甚至上百个版本,我已经数不清自己究竟删了写、写了删地重复了多少次,数不清自己究竟开机、关机了多少回。

嗯,我确实不敢动笔。总觉得,无论怎么写,都写不出我想说却如鲠在喉的万语千言。无论如何措辞,都不够表达那份情深义重。

因此,我选了陪伴我最久却又最笨拙的方式——写封信给你。

陌生或熟悉的你:

你好哦。我是白朵朵,也是曾经的"白哥"。

我知道之前的称呼会让很多人感到奇怪,做电台的程一曾经问我:"你明明那么单薄,为什么还要叫白哥?"

我说:"你知道吗?在农村,人们生了孩子,喜欢起一个贱名,那样孩子会比较好养活,比如'二柱子''狗剩''傻蛋''瓜娃'之类……我叫'白哥',就是大家想让我活得坚强点儿,像个男人似的,看起来有点儿当大哥的样儿。"一说完,在场的人全笑了。

其实,谁喜欢独当一面做大哥呢?每个女孩内心渴望的,都是做温顺的小公主,但有人得不到那份温暖和温柔,所以,她们选择独自面对、独自承担。说实在的,挺孤独的,可也没有什么办法。

那些让我在夜晚辗转反侧、焦虑无眠的问题,是无解的,没有人会来帮我,也没有人可以帮我。

我只有先去做,先晃晃悠悠地尝试走出第一步,不去想前方是光明坦途,抑或是万丈深渊。只是一步一步地走,一个字一个字地写,才会平静很多。

没想到,我一走,就走出了自己从没想过的路。

十六岁的时候,我许下了一个很宏大的愿望:我要拍好多好多的照片,录好多好多档节目,写很多很多字,走很远很远的路。

当我老了,累了,走不动了,没力气了,想不起来了,就可以在一个温暖的午后,泡一杯淡淡的茉莉,悠闲地坐在自家小院里,吹着凉凉柔柔的风,一帧帧、一幕幕、一字字、一段段地看着当年风华正茂的自己,回味着过去那些或精彩、或悲哀的点点滴滴。

于是,怀着一份初心,我十六岁开始做模特,十八岁开始录综艺节目,二十岁的时候,出了人生的第一本书。

二十一岁的时候,写了第二本,就是此刻你正翻阅的《你也在等人吗》。它和第一本不同，是由一个个并不长的小故事组成的，不会教科书式地教你怎么做，只是记录了那些早起、睡前的点滴念头，以及时间留在人心里的印记。

我总觉得生活像是一场场未知的戏谑，那些你计划很久的事儿，往往一件都不会发生，而那些你从未预料的事，总是像开玩笑似的接踵而至。

最近几年总是在跑，全国、世界各地录节目，从一个酒店到另一个酒店。没有人可以陪我聊天，没有谁陪我喝酒到天明，常常是凌晨三点收工，清晨六点开工。每一天的主题是工作、工作、工作，辗转了很多个地方，没有一处能让躁动的心得以安放，也认识了很多人，可没有几个能互诉衷肠。

我内心最深处，有一个小世界：天上星河流转，我们围着一条大通铺，胡扯瞎侃等日出，聊天喝酒到天明。

那是我梦中"北方有佳人"的样子，我想记录自己见到的、听到的所有故事，书写成一本可以看得见、摸得着，可以放在手里的书。它的到来，比我的想象提前了十年不止。我从不掩饰我的幸运，也从不吝惜我的给予。我知道，为了它，在很多个不眠的夜晚，我哭过，也看过很多次美丽而寂寞的日出。

读者常会在群里问我："你红了之后，会不会忘记我们？"
我说："放心吧，红不起来的。"

她们不放心，追问我："你想不想红？"

我愣了一下，说："想。"

嗯，我真的就是很想红啊，丝毫不掩饰地想红啊。

我曾经说："我最害怕的事，就是当你和朋友聊到文字的时候，你说你喜欢白雪，大家会投来疑惑的眼光——她是哪个秧歌队的？"

我不想让你丢脸，不想让你一脸尴尬，一时语塞。所以，我一直认为好好写字是我的义务，希望不入流的自己能真正地被更多人喜欢。

我是真的想变得厉害一点，再厉害一点。于是，我一路跌跌跄跄，守着我对自己的诺言，守着"北方有佳人"里的数万读者，守着微博、微信里那么多的留言，认认真真地开始写。

我吞下了三百次"不管了，老娘不写了"的冲动，吞下了反复的重感冒、高烧病痛，吞下了那些总是深夜出逃作祟的恐惧和担忧。

终于，我能拿着自己熬夜研究无数次，耗费全部心力答写的一份试卷，走到你们面前。我想，我拼了我能拼的一切。我真的不后悔。

我留不住时间，握不住要走人的手。我能做的，也只是记录，记录那些真实发生在我们身上的点滴变迁。所以，我不会给你讲那么多的大道理，不会出谋划策，不会告诉你人生需要怎么过，只是单纯地记录了我们这一代人的生活。

我们在一起成长，也在一起迷茫。

有人曾说我："你太实在了，坦率得让人害怕。"

我也曾对读者说过一句话："我没什么能给你的，只有对你好了。"

我能给的，真的太少了，可是，我也只有这份坦率的真诚了。

我把我对生活赤裸的困惑，对岁月浅薄的感悟，对爱的全部记忆，倾诉到"北方有佳人"的小窝，去其糟粕取其精华，再加入那些我在深夜里写完，却从未面世的点滴。然后，像一个老朋友那样，跟你们聊天，絮叨，大家一起东扯西聊。

书里有什么呢？

那些生活里的困惑、感悟、快乐、悲伤，写哭千万人的、写哭我自己的，同月亮陪伴你失眠的、和太阳偶遇你忙碌的，以及我的悲欢离合、喜怒哀乐，还有我自己都不明白何德何能，竟可以得到那么多人喜爱的我自己，白朵朵。

可能，你会好奇书名的来历。它来自一个故事，一个很特别，还有点儿可爱的故事。

一个精神病人以为自己是一朵蘑菇，每天都撑着一把伞蹲在墙角，不吃不喝，像一朵真正的蘑菇。

有一天，心理医生也撑了一把伞，蹲坐在病人身旁，病人很奇怪地问："你是谁呀？"医生回答："我也是一朵蘑菇呀。"病人点点头，继续做想象中的蘑菇。不一会儿，医生站了起来，在房间里走来走去，病人问他："你不是蘑菇吗，怎么可以走来走去？"

医生道："蘑菇当然可以走来走去啦！"

病人觉得有道理，也站起来走走。又过了一会儿，医生拿出一个汉堡，病人又问："你不是蘑菇吗，怎么可以吃东西？"

医生理直气壮地说："蘑菇当然可以吃东西啦。"病人觉得很对，于是也开始吃东西……

几个星期后，病人可以像正常人一样生活了，尽管，他仍觉得自己是一朵蘑菇。

而我，很想找到那朵属于我的蘑菇，希望自己的文字能变成一朵蘑菇，在你心底那个湿漉漉、暗乎乎的地方，静静地相陪……

我真的希望并渴盼着自己能遇到那个人，陪我熬夜，陪我喝酒，陪我吃烧烤，陪我看电影。

我希望他是一个具体而形象鲜明的人，但我相信，"他"只是一个泛指，"他"会是一群人，一群如此可爱的你们。

总会有那么一天，我拿着一罐啤酒，走过去和你碰杯，轻轻问候。

"嘿，你也在等人吗？要一起吗？"

白 雪

二零一七年四月六日

目录 CONTENTS

Chapter 1 我说所有的酒，都不如你

- 002 你也是兔子吗
- 012 你别说抱歉，是我心甘情愿
- 016 我能想到的最浪漫的事
- 020 我说所有的酒，都不如你
- 028 夏天，我想谈恋爱
- 032 饲养过一头昵称为"猪猪侠"的女朋友
- 038 幸好你来过，不然总觉得自己没爱过人
- 042 妈妈教会我的那些事儿
- 047 在机场，真的可以等到一列火车
- 050 如果我对你有十分喜欢

Chapter 2 孤独的频率是五十二赫兹

056　如果你还在就好了
059　不想谈恋爱了,他们都照顾不好我
062　孤独的声音是五十二赫兹
065　白天段子手,晚上矫情狗
069　我也经常觉得冷,可我不会随便抱别人
073　我想躲避拥挤的人群,想和自己说说话
078　为什么越来越多的人爱删朋友圈
082　我想走走路,并不想回家
086　只要你不分青红皂白地站在我这里
090　回不去的小家乡,留不下的北上广

Chapter 3 说一声再见,就是死去了一点点

098　我离想要的越来越近,可离你越来越远了
102　你猜我在什么时候放弃了爱
106　我们为什么总是爱得不长久
110　我再也没有精力从零开始去了解一个人
116　每说一声再见,就是死去了一点点
121　关于一个男人的情深义重
125　一个人能有多不正经,就能有多深情
133　千万别错过,我还喜欢你的时候
136　我是爱过你,但我还得爱别人
139　我会念旧,但不会回头

| Chapter 4 | 长大这种事，从来不是一个人的 |

- 156 高考，别为了任何人放弃你准备了三年的试卷
- 163 毕业了，以后要真刀真枪地去社会了
- 168 有些疯狂只能属于二十岁
- 172 青春是个混账，在我心里躲藏
- 176 长大这种事，从来不是一个人的
- 179 何必把怀念弄得比经过还长
- 183 每个成熟的男人都曾是懵懂的少年
- 190 生活不仅有眼前的苟且，还有长久的将就
- 193 生命中的一些人生道理，我是在赌桌上学来的
- 202 你问我什么是长大

| Chapter 5 | 我是你漫漫人生中，只配错过的好人 |

- 208 要走的人，谁也留不下
- 211 我相信，轻仇必寡恩
- 215 男人的前任，都顽强地生长在现女友心上
- 222 所有的渣，无外乎四个字：情浅言深
- 228 我不是等你玩够了回来，还会给你开门的人
- 231 永远不要低估一个女孩陪你同甘共苦的决心
- 237 我是你漫漫人生中只配错过的好人
- 240 真的，并不是女生太难追
- 245 以前觉得喜欢能当饭吃，现在觉得还是饭好吃
- 249 我取消了你的微信置顶

| 后记 | 人生的路，每一步都算数 |

Chapter 1

我说所有的酒,都不如你

人活着,
总要有点儿目标。
也许,
我们也是兔子,
总会遇见自己的松鼠。
它们啊,
已经奔跑在路上啦。
会的吧,
希望吧。

你也是兔子吗

长大后,我对童话有了新的认识和理解,发现它们不同于我幼时的向往和认知了。

《海的女儿》让年幼的我一心感慨爱情的浪漫,幻想有一天,自己能穿上人鱼裙,站在人群中,等待我的王子出现,然后开始一场疼痛但唯美的纯爱之旅。可如今回想,才发觉王子和美人鱼就不是一个世界的,放弃自我而进入王子的世界,只能让美人鱼变成一堆泡沫。

生活里的美人鱼,既得不到歌颂,也得不到怀念,更留不住欣赏,最多,只能成为人们茶余饭后的谈资和笑料,不值得的。

还有,如今再回头看《龟兔赛跑》,你的理解是否又和儿时一样呢?如今,我的理解是:乌龟之所以赢了,并不是因为它一直在努力跑，而是因为兔子睡着了。胜利不过是侥幸，不是实力。

再回想当年的"非主流"时期，我们高呼着一句"你若不离不弃，我便生死相依"，当时觉得自己就是个烈女，一身孤勇，为爱鞍前马后、赴汤蹈火，多酷啊。可如今想想，并不明白那句话存在什么让人感动的瞬间或催泪点，它只是一个条件交换啊，你要怎么怎么样，我才会如何如何，言下之意，你要是做不到，休怪我无情了。细想一下，怪冷漠的，有什么值得感动的地儿呢？我理解不了，也想不通。

然而，十三岁的弟弟，依然骄傲地将它挂在QQ签名上。

可能，存在差异的原因是年幼时我们在看故事，成年后我们经历了故事。我们已经过了爱看童话的年纪，也终于明白，生活在童话里的人终将在童话里死去。

可即使如此，我还是忍不住想为你写一个童话。它是我的管理员康康的初心，也是所有少女梦寐以求的向往，那是我们的憧憬和难以触及的远方。

人活着，总要有点儿目标。也许，我们也是兔子，总会遇见自己的松鼠。它们啊，已经奔跑在路上啦。

会的吧，希望吧。

1

兔子呆呆地看着参天的松树，看着那些几乎望不到最高处的嫩绿枝条。它在想，那儿有多高？它是我见过的最高的树吗？如果有一天我爬上了它,就可以离天最近了吗?

没人知道兔子的疑问,它从未发声,也从未表达。

只有在白天的时候,兔子才能蹲在丛林里最高的松树脚下冥想。很多动物感到疑惑,它们常常问兔子:"你想出来什么了吗?"每一次,兔子只是摇摇头,它什么也没想出来过。

兔子扳着手指头开始想,猫头鹰大叔问过,蜻蜓姐姐问过,猫咪小姐问过,京巴大妈问过,甚至自己的兔妈妈和兔爸爸也问过。它们似乎总是围成一个圈,叽叽喳喳,不成语调,可每一秒钟都会飘出各式各样令人丧气的话。

每天前往松树的路上,兔子都会把大家的话重新拼凑一遍,它企图在劝慰里找到一点归属。可日复一日,它得到的,却还只是凌乱的句子。从兔子蹲在树下的第一天开始,它就重复着一无所获。

2

有一天,正当兔子向上看的时候,它发现一个黑团挡住了太阳的光圈。兔子猛地睁大了眼睛,倏忽间,太阳的光芒好像又散发了出来。兔子闭上眼再睁开,发现黑团已经来到了自己面前,它黑色的眼睛就像夜晚最亮的星星,兔子几乎可以从里面看到自己的倒影。

兔子下意识地退后了一步,黑团就跟着向前了一步。兔子又退后一步,黑团也就又跟着向前了一步。于是,一步一步,倒挂在树上的松鼠,生平头一次,双脚踩到了松软的泥土。

兔子看着松鼠，不说话。松鼠却微笑起来，魔术般地从背后拿出了一颗大大的松果。双手捧住，递到了兔子面前。

兔子伸手接过，疑惑地开口问："你为什么要给我松果？"

松鼠笑着说："你的眼圈红了，你在哭啊。"

兔子愣了愣，递还给了松果："我没有哭，我是兔子，兔子天生眼睛就是红的。"

松鼠转头问兔子："我见你在树下待了很久了，你有什么事吗？"

兔子抬头看了看，树顶上的太阳已经偏离，从松树浓密枝干的空隙中只能看到微小的蓝色。它曾猜想，那可能就是大家说的无边无际的蓝天吧，它一定很大很广阔吧。

兔子点了点头，对松鼠说："你能带我去树枝顶上吗？"

松鼠轻松地笑了笑："好啊，有什么难的？"

于是，松鼠爬上了最近的树枝，一步一步地走向越来越细的顶端。终于，树枝垂了下来。兔子一跃爬到了树枝上。它从未离开过地面，紧紧地抱着树枝，一动也不敢动。

松鼠飞快地爬上更高一层的树枝，用同样的方法让兔子爬上去。兔子看着松鼠轻盈地跳跃，好似飞舞一般，褐色的软毛上有温暖的感觉，兔子眨了眨眼，在松鼠背过身的时候，偷偷笑了。

松鼠和兔子就这样一层一层地向松树顶端爬去，松树的叶子像一根根锋利的刺，不动声色地扎进了兔子白色软毛下的身体。兔子疼得眼泪直打转儿，它是真疼红了眼眶，可松鼠没发觉它眼眶红得吓人。兔子想了想，又看了看为自己的梦想而忙碌的松鼠，还是决定沉默。

爬到松树最顶端,已是深夜,夜晚的风像露珠一样清凉。兔子转头看看松鼠,松鼠的细毛在风中抖动,兔子可以感受到松鼠的惬意与愉悦。它又抬头看向天空,银河像丛林里那条叫"叮咚"的泉水一样流向未知的远方,兔子轻轻地闭上了眼。

松鼠又从身后拿出了那颗大大的松果,递给兔子,轻声说:"现在你哭了,别瞒我。"

兔子揉了揉红通通的眼眶,双手接过了松果,用比微风还轻的声音哽咽着说了一句话:"真的谢谢你啊。"

3

此后的每一天,兔子都会早早站在松树下。它用爪子敲敲树干,松鼠就会跑下来,它同兔子一起奔跑,一起去看彼此从未见过的风景。

兔子会带松鼠去猫头鹰大叔讲过的一片松林。松鼠会带兔子爬上更高的大树。它们一起蹲在树洞里躲雨,一起在枝丫上看天际的彩虹。

直到有一天,兔子带松鼠去"叮咚"泉旁戏水,它兴致勃勃地向松鼠泼水,松鼠却静静地站在石头上,看着潺潺流走的泉水,温柔腼腆地低声说:"可以分享给你一个秘密吗?我心里忐忑好久了。"

兔子看着松鼠羞红的脸,自己的那颗少女心扑通扑通地狂跳,它隐隐约约地感觉到：松鼠可能真的，要在今天向它表白了。

一时间，兔子的脸也红了，它柔柔地说："好啊，那你说吧。"

"嘿，你知道吗？我喜欢上了一朵花……它真的漂亮极了，每次清风一过，它会轻轻地甩一下鲜艳的头发……我真的……觉得自己彻底迷上它了！"松鼠越说越兴奋，甚至手舞足蹈起来。

它好像从没有那么开心过。嗯，好像是的。

兔子愣住了，它静静地看着松鼠。好一会儿，才大笑起来，说道："那你采花回家就好了啊。"

松鼠抬头看向兔子，兔子猛然发现，松鼠那漆黑的眼睛里没有自己的倒影了，湍急的泉水在松鼠的眼睛里像一朵盛开的花。

松鼠哽咽地说："怎么办？松鼠只会采松果，不会采花。"

4

兔子找不到松鼠了。它在松树下敲了很久，一连几天也不见松鼠的身影。

兔子只好又恢复了从前的生活，每天蹲在松树下，看着细小缝隙里的天空。即使夜晚来临，兔子仍然不肯离开。它心想："如果能在树下看天，那就待在树下吧。"毕竟它曾离天空那么近，好像自己真的在无限接近蓝天。

兔子越来越困，双眼看见的天空越来越模糊。忽然，一片黑影出现在了兔子面前，兔子猛然睁眼，几乎喜极而泣，它知道，那是松鼠。

松鼠回来了！

松鼠一步一步，再一次让兔子爬上了松树，它的细毛依旧被风吹得摆动了起来，但兔子却看见隐藏在松软细毛下许许多多的血痂。

松鼠看向兔子，说："这一次，我要带你看日出。"

太阳从天边一点一点升起，兔子却并未专心看太阳，即使朝霞的颜色是兔子出生以来所见过的最漂亮的颜色。然而，它更注意松鼠的举动，它觉得松鼠的眼睛里能反射出太阳最温暖的话语，它眼里的明亮胜过太阳的光芒。

松鼠没有看向兔子，而是微微支起身子，似乎在对着更远的地方说话，它喃喃地说："其实，真的还蛮想去看看海的啊。"

5

兔子又找不到松鼠了，它在大松树不远处发现了一朵红色的玫瑰花，玫瑰在一大片深绿的灌木丛中骄傲地站着。

兔子想咬断玫瑰的茎，可玫瑰的刺太多了，兔子已经被扎了太多次，只好作罢。

它突然想起了松鼠身上的伤，知道那些伤是被玫瑰刺一点一点划出来的。

丛林开始逐渐被雨水覆盖，兔子的细毛被雨水打湿，它一动不动地趴在松树下，连眼睛也不愿意睁开。

一切都是灰色的。兔子抬头看着天空,天空似乎在逐渐远去,它觉得自己从不曾靠近过天空,一切都是虚幻。

6

直到有一天,兔子再一次去看那朵玫瑰花,玫瑰花娇艳的花朵正躺在松软的泥土上。兔子愣了,它发现玫瑰花好像正俯下身子亲吻着大地。兔子咬住玫瑰花的茎,竟发现从前的刺不见了。它冲过浓密的灌木丛,用从未有过的速度跑向松鼠常常眺望的方向。

兔子咬着玫瑰花站在悬崖边上,看见了很多蒙着白布,好像浮在泉水上的叶子那样的东西。那些东西比叶子要大很多,它们靠在悬崖下的浅滩边,周围来往而过的,似乎是那种叫作"人"的动物。

兔子发现了一片正在前进的"巨大叶子",它正缓慢而坚定地向海洋中心行驶。

阳光热烈,兔子睁不开眼,它只觉得自己好像看到了一团黑色,那团黑色中包裹着褐色的细毛所散发着的温暖。

松鼠面朝大海,背对着兔子。

兔子抬起头,看着久违的太阳,它发现悬崖之外是它从未见过的、最为广阔的天空。

一不小心,兔子松开了嘴,玫瑰花坠落了,红色的玫瑰下落时慢慢分解开来,每一个飘散的花瓣都像一颗跳动的心,微风将它拼凑成了一道弯弯的彩虹。兔子看着每一个花瓣，沉默地流下泪来。

"如果有一天你丢失了你的玫瑰，千万不要忘记你还有一片海洋和永久爱你的，兔子。"

当兔子带着满身伤痕离开森林时，它留给了松鼠一封信——仅仅一句话的信。

它想自己可能是爱上松鼠了，但它也真的明白，松鼠并不喜欢它。它弄丢了松鼠最爱的花儿，再也没有勇气面对松鼠，没有勇气看它满身的伤疤，没有勇气和它一起爬上枝丫，没有勇气和它看日出看天空，一起在阳光下数一数彼此细腻的毛发。

7

兔子走了，它连家也没回，直接从松鼠家走了。

它要离开那片自己会永远想念的森林，再也不见那只陪伴很久很久的松鼠。它步履蹒跚，边走边哭，眼泪掉在了伤口上，咸咸的，更疼了。

兔子拖着一身的伤痕和满心的疲惫，它终于跑不快了。就在兔子马上到达森林边界的时候，它远远地听到了松鼠上气不接下气的呼唤："嘿，你要去哪儿……为什么不喊上我？你知不知道我一直在你家门口等你回家？还有，那张便签到底是什么意思？！"松鼠又生气又着急，可一说完话，又深深低下了头。

它轻轻地说："你现在是不是还不明白我坚持要花儿的意思？"

兔子睁着哭肿了的眼睛，茫然地看着松鼠。

"除了一朵花，我真的不知道我还能送给你什么……只是，听人家说，女孩子会喜欢花……"

兔子扑进松鼠怀里泣不成声，松鼠的眼泪也扑簌簌落。它用小爪子柔柔地摸了摸兔子的脑瓜，耳语道："其实啊，我已经喜欢你好久了。你都不知道，那天遇上的时候，正赶上我搬家……哼，那棵树啊，满是虫子，简直要把人逼疯啦！我早就不想住了，刚找到合适的新家，决定要走。收拾行李的时候，就碰上你来了。

"因为你，我又搬回去生活了一年多……我想每天都能看见你在树下等我……总觉得，那才是家……"

8

它们一身的伤疤结成了厚厚的痂，它们相拥在黄昏的光下，毛发交织在一起，它们依偎着，踉跄着，一起走在那条没有花，却满是爱的路上。

兔子又想哭又开心，自己差一点点就错过了它。

夕阳的残光之下，兔子心里暖暖的，觉得再也不会寂寞和孤独了。

它想，也许，这就是爱了吧。松鼠来了，足够了。

你别说抱歉,是我心甘情愿

爱好像是一种神奇的东西,它能让骄傲的可人儿自觉地低进尘埃里,囿于生活中。

你是不是真的动了心?

你穿着宽大的衣服,趿拉着拖鞋,心甘情愿地素颜在家,为他拖地、做饭、洗衣。

说起来,好像是件挺没出息的事儿,但那就是实际的我们。我们不过是寻常女孩子,爱一个人就恨不得和他二十四小时对视。后来,我们更是放下了矜持和骄傲,一个十八岁前连被子都不肯叠的人,突然转了性,面对家务天资过人,开始有模有样地做起了菜。

那些青春回忆里热血沸腾的男孩,又何尝不是呢?他们喜欢并乐于为爱奋不顾身,他们不知疲倦,坐十几个小时的硬座,风尘仆仆地赶到女孩宿舍楼下，守候一夜，等候宿管开门，就为了说一句"生日快乐"。

那时候，我们什么都不会，连爱也不会，唯独会的，就是倾尽所有地给予。

我们从来不喜欢重复的东西，而那个他，就是世界里唯一特别的存在，因为他，一切的重复似乎充满了独特的意义。

张学友嘶哑着喉咙淡淡地唱："爱本就是条不归路，你我都别问辛苦不辛苦。"

爱啊，人们终其一生也不明白的爱，可能它的本源就是不理性的情感冲动，它是迷茫的，是没有道理的，最重要的是，它是你甘愿的。

你爱他，不是因为他如何特别，你也知道人群里胜过他的太多，甚至你知道他的企图、他的势利、他的庸俗、他的固执，然而你依然爱他。

你知道，他不过是个中庸的二流货色，前半生没能争口气，后半生可能也不会有什么大出息，然而你爱他。

你任他渣过几次、虐你几回、伤你几场，你还是舍不得离开，还是傻傻地站在原地，心心念念着当初那点儿微不足道的好。

他是你的瘾，戒不掉的心瘾。旁人替你委屈，为你愤懑，然而你心里无比清楚地知道："全是我心甘情愿！"

爱一个人最糟糕的处境就是：你没有爱上他竭尽全力呈现的美

好面貌,而是爱上了他浑浊不堪的内心。过来人常劝我们要点到即止,可经历过的人都懂,点到即止就是一句悖言,感情就是不死不休。

有人问我,你曾经拥有过什么?

我翻开陈旧的日历,开始回忆过去的生活。那些散落在地上、零落在风里的点点滴滴,那些和父母赌气、离家出走的叛逆,还有无数个漫漫长夜里,那些看不见未来的迷茫与空余,那些欢乐与痛苦交织而成的时日,全是因为你,才变得鲜活有力。

有人告诉我:"一种男孩是不能沾的。他说话温柔,声音浑厚,却非常霸道,睡醒后的头发比你的还要翘一些。他会在太阳下眯着眼问你一些非常幼稚的问题,当你的心正在一寸一寸被他攻占的时候,他又会笑着告诉你,他终于能和喜欢的人在一起。最糟的是,他明明有了喜欢的人,还不忘对你说晚安。"

可怎么办呢?我在小小的心里,已经藏了一个那样的你。

我一直喜欢《神雕侠侣》中的小郭襄,她一身无畏,一身勇敢。很多人在那样尴尬的年龄段,就像郭襄——一遇杨过误终身。

如果非要我说点什么,送给你一段电影《怦然心动》中的台词:"有人住高楼,有人在深沟,有人光万丈,有人一身锈。世人万千种,浮云莫去求,斯人若彩虹,遇上方知有。"

我没说的是,那年她在风陵渡口与他初遇,那年恰巧是第十六年,他是她一见误终身的杨过。

我走过山时,山不说话;我走过海时,海不说话。小毛驴踢踢踏踏,倚天剑伴我走天涯。大家说我是因为爱着杨过大侠,才在峨眉山上出了家。其实,我只是爱上了峨眉山的云和霞,像极了十六岁那年的烟花。

你不必光芒万丈,我就爱你的默默发光。
你也不必对我说抱歉,一切皆是我心甘情愿。

我能想到的最浪漫的事

《孤单又灿烂的神：鬼怪》流行的那阵儿，舍友天天跟我号："孔侑长得一点儿都不帅，一点儿都不，可我究竟为什么那么想扑倒他？"

我本着将她拉回现实的老母亲心态说："孩子，你还是要回归现实，你要是有时间了，还是去谈个恋爱。"

她嗤之以鼻，反过来教育我："韩剧带给女孩子的浪漫，现实中是没有的……你说，生活已经够苦了，每天拼了命地向上挣扎，我只想在爱情里找一点甜啊。"她看了看我，突然认真起来，"哪怕是幻想里的也好。"

前两天晚上，梦见发小结婚了。一切就像我们小时候一起筹划的那样：尖顶教堂，花窗玻璃，阳光穿过穹顶倾泻下来，投射在发小身上，我站在她身后，阿姨笑着看她，叔叔牵着她的手，一步一步将她托付给新郎。新郎不说话，只是在槲寄生下吻了她……

梦做到最美好的时刻，我突然醒了，睁开眼，枕边湿漉漉的。梦境越是幸福的温热，清醒后就越是孤寂的冰冷。

大梦醒来，前一秒我们还拥有世界，下一秒却什么也没得到。我们依然分居在不同的城市，各自孤独地生活，只是透过手机屏幕诉说彼此的一点生活。一旦断电，就被孤立在世界尽头。谁也不知道未来是什么样子，以及我们什么时候才能有另一个依靠。

我相信，渴求浪漫是写在女孩子基因里的。那些出其不意、因缘际会，以及所有的命中注定，女孩子一定在心里反复排练了无数遍。

多年以来，我们的幻想从四十五度摔进男主角怀抱、转头绊倒嘴唇相碰，从寒冷中让人依靠的肩膀、低声呢喃的耳语，变为身高差、摸头杀、壁咚、桌咚、肩蹭[1]，一个比一个苏！那些浪漫的瞬间，尽是不经意的小细节，却也尽是女孩们的心头好。

"我爱你"三个字太好写了，可如果拆开笔画，又有多少人还能认识它呢？浪漫源于细节，沙砾堆积成山、水滴凝聚成海，一句一句的"放心不下"，就组成了爱情。

有人说："爱情的证明，就是那些一步一步打破自己原则的浪漫。"她享受安静，却愿意与你挤在嘈杂的大街上，等待零点的跨

---

1 网络用语，形容爱情甜蜜。

年钟声；他自由慵懒，却记得你每一个重大的日子，哪怕连你自己都早已忘记；他健谈热情，却愿意沉默下来，安静地听你喋喋不休地诉说生活。

人的一切改变都源于内心的希望和渴求。我们若是一洼安静的池塘，爱人的一举一动，便成了风、雨、呼吸、心跳，所有的笑容和浪漫会让水面浮起涟漪，自此我们开始改变。一切决定都是自己的选择，一切都是因为我们甘愿。当然，一切结果都需要自食，即便它起因于爱。

我时常会想永恒是否存在。也许因为人生太短，所以那些长于人生的，总被当作永恒。天上的星空和广袤的宇宙，它们看似不变地悬挂在我们头顶，但如果我们离得足够近，依然可以看见它们缓慢的移动和无声的爆炸。

我从书籍和电影里知晓的有限内容里，最浪漫的事，是一个濒临死亡的孤独科学家，送给自己心爱的女孩子一颗编号为DX3906的暗红色星球。科学家没有向女孩透露任何捐赠信息，当他通过天文望远镜亲眼看到那颗星星时，他想："当她看到这颗星星时，我已经不在人世了。实际上，我和她所看到的，是二百八十六年前的一颗星星，一束微弱的光线在太空中行走了近三个世纪才接触到我们的视网膜，而它现在发出的光线，要二百八十六年后才能到达地球，那时候，她已经不在人世了。她将度过怎样的一生呢？但愿她能记得，茫茫星海中，有一颗星星是属于她的。"

宇宙群星璀璨，星河离我们如此遥远。也许当它老去爆炸的那一刻，我们才刚刚看到它初生瞬间的光芒。可以说，它是时间给予我们的美妙和鸿沟，也是最能证明人类之无奈的馈赠。尽管如此，我还是喜欢星空。即使它的永恒存在边界，我依然甘之如饴，一错到底。

从今以后，抬头看向夜空，在银河系浩如烟海的繁星里，有一颗被嵌着深情、写着爱意、闪着亮光的星星。

我还是相信永恒的存在，无论是上一秒，还是下一秒，长情不会是虚妄。

你转身，我就在你身后，我想送你一颗星球，也不会是空想。

我说所有的酒，都不如你

那天，韩苏听说我回来了，特意开车来和我喝酒。多年不见，我几乎受宠若惊，谁承想，喝着喝着她就哭了。我说："多年没见，你怎么还是一副熊样，喝点酒就喝点酒呗，哭啥啊？"

她摇摇头，不清不楚地唱起了那首《春风十里》，一曲唱罢，才看着我说："下个月我就要结婚了，我知道你要出书了，你帮我写点儿东西……真的，我没醉，我说，你写……"

我递给韩苏一支烟，她摆摆手："戒了。"

"好。"

自始至终，韩苏没有说出那个他的名字，就像在自言自语，而我从她那些零零碎碎的话语中所知晓的，是很多人的青春，也不可避免地想到了自己。

1

四年前,我还是一个酒鬼。我喜欢灯红酒绿下的迷幻,喜欢震耳欲聋的音响,喜欢夜色弥漫下的光斑点点。

那时候,我重度抑郁,广泛性焦虑。严重到什么地步呢?就是只剩自己待着的时候,大脑就像是一座即将崩塌的断桥,聒噪得吱吱作响。我会莫名地陷入一种前所未有的恐慌中,无法自拔,莫名地大哭,哭完又笑。嗯,就像小时候骂人最常用的那句话一样——纯属精神病啊。

我好像控制不了自己的大脑,莫名地悲观、哭泣、孤僻,又不言语,或者就像疯了似的,一刻不停地说话,陷入极端亢奋的状态。周围的人不信如此开朗的一个人能抑郁,但我自己明白,那是一种内心强迫,就是冥冥之中有一种暗示在带领我,告诉我——你要积极、要乐观开朗、要有意思、不要冷场。

那时候,我没有男朋友,周围好像也没什么朋友。

酒能缓解焦虑,能让我既不浪费时间去调节又不至于崩溃,它让我心里感到安定。我曾经问自己:"喜欢喝酒的人,是喜欢酒本身,还是喜欢醉的感觉?"

说起来,酒一点儿也不好喝,辣、涩,可能会有点儿甜,但随之而来的是那种迷幻的微醺。我没有酒瘾,就像是我会抽烟,但绝不会随身揣着烟和打火机一样。那不是上瘾成性,多多少少是因为我想逃避现实。

那段时间，我压力很大，但我还得挺直身板去接受生活的洗礼，然后站得板正儿，顽强地和生活做着"小胳膊拧不过粗大腿"的苍白抗争。那话怎么说来着，人生不如意事十之八九，可与人诉的唯有二三。酒是我的出口，是我稀释不如意的重要途径。

很多时候，大部分人只是蝼蚁，我们偶尔需要一个载体，放大内心所有的感受，做几小时快乐的、痛苦的、放肆的、了不起的英雄。

今时今日，我早已度过了那段坎坷的日子。再回首，很多事情已经没有了追溯的意义。

我只记得古龙那句"我爱的不是酒的味道，而是喝酒时的朋友，还有喝过酒的氛围和趣味"。

2

和太多青春里张扬自我的女孩一样，我收起了棱角，向生活示好，向现实投降，蓄了长发，穿上长裙，将所有尖锐的想法稳妥地收纳在内心深处。我戒了烟和酒，也扔了打火机，开始化着淡妆，云淡风轻地看着众人在酒桌上醉醺醺地讲段子。

你看，成长就是一个不断妥协的过程。

我也现实，总觉得不能落地的情怀不是好情怀，不能变现的理想是诈骗。我开始好好生活了，开始学着融入社会的大群体中，按照更多人的想法生活，带着一些不尖锐不伤人的棱角，走一条可以让我吃饱饭又可以偶尔放纵的路。

你别说我变了。我长大了，知道什么是真实的生活。但我仍然想念，那段肆意放纵的青春。

红衣佳人白衣友，朝与同歌暮同酒。

如今我才懂品酒，明白糯米酒香，梅子酒酸，米酒更香醇，也知道安眠药是一些人的支撑，尽管微茫，但有时候真的能挽救一点坏的闪念。

每个人都有自己的故事，那是自己独立的体会和感受。若我再看到谁抽烟酗酒，顶多嘱咐一句"悠着点儿"，不会唐突地一味劝慰人家戒掉，那是对他人人生的干涉，未必就是善良。

3

夜幕降临的时候，我开车上立交桥，车窗吹进一阵夏天夜晚专属的凉风，音响里也应景地自动播放到了赵雷的《已是两条路上的人》。我脑海里一直回放着那句"我从不懂得怎么爱你，在那些烂醉如泥的夜里，我唯一想起的人是你"。

是的，就在我快要忘记的时候，我又想起了你。那种感觉很难讲，我知道我们已经很久不联系了，但我依然觉得你是自己人。

回家之后，我发了一条微博："愿漂泊的人都有酒喝，愿孤独的人都会唱歌，愿相爱的人都有未来，愿等待的人都有回答，愿孤单的人不必永远逞强，愿逞强的人身边永远都有个肩膀。愿肩膀可以接住你的欢喜忧伤，愿有情人永生执手相望。愿你如阳光，明媚不忧伤；愿你如月光，明亮不清冷。愿你最爱的人，也最爱你。"

我一直记得一条评论:"对于有共鸣的人,字字诛心;对于没共鸣的人,句句矫情。"

那时候,我忽然就想到了你,又笑了笑自己。

我知道啊,你可能不会看到它,更别谈什么诛心和矫情了。

4

躺在床上,耳机里静静流淌着一个个灵动的乐符,那首《春风十里》入了耳。

男孩嗓音干净清透,让我想到了从前的自己,一身白衣裙,清淡的脸上只有干净的笑,没有浓重的妆。阳光刚好,你的笑也刚好。

我在二环路的里边　想着你
你在远方的山上　春风十里
今天的风又吹向你　下了雨
我说所有的酒　都不如你

那时候,我才十五岁,干净得像一张白纸,除了学习,什么都不会。然而,我知道我喜欢你,喜欢你的叛逆不羁,喜欢看你坐在天台上抽烟的背影,喜欢你QQ空间动态里宿醉的照片。

你似乎喜欢那种头发短短,烟酒不离身的狂野女孩。毕业那天,我剪短了留了四年多的长发,学着喝酒。是啊,酒后的微醺让我有勇气迈向你,我只有喝了酒才有勇气说:"我喜欢你。"

我永远记得，你诧异的表情里透着几分难以置信。

空调一吹，酒醒了，我装作不经意的样子，大大咧咧地走到你身边，故作夸张地告诉你："哈哈，是大冒险啦。"

不然呢？我也不想让你我两人难堪地愣在那里，总要有一个人先妥协，给个台阶，好让我们从闹剧的舞台上洒脱地走下去。

十六岁时淋过的雨不会出现在二十六岁，所以，我也不奢望和你再相逢，或者我根本不想再次面对你。只是希望你有酒有肉有朋友，有恨有爱有江湖。春风十里，皆有人照顾。

5

我曾参加过一个小妹妹的生日宴，她小我三岁，但比我勇敢得多。我一直记得她站在 KTV 包房的舞台中央，面对所有人，一字一顿地说："我认识他的时候，他正在弹唱《春风十里》。后来我问他想要什么生日礼物，他挣扎了好久，递给我一部手机，我点开一看，是前置摄像头。他说：'我想要你。'就在今天，我终于要彻底属于他啦，那谁谁，我们结婚吧！"

全场的女孩子都哭了，我也红了眼眶。小伙子惊讶又惊喜，大屏幕上回放着他们恋爱的点点滴滴。

猝不及防，我又想到了你，原来忘却是那么不容易的一件事。

6

从小时候起，我一直认为走很远的路、坐很久的车，去见一个人，是最浪漫的事情。如今我又留起了头发，也戒了烟酒。看起来，某些东西似乎从未变过，但我知道，过往在我心里留下了一点半点的痕迹。

听说你也混得人模狗样，快结婚了，估计你也想不起来我是谁了，就算是一个相忘于江湖的好结局吧。

你一定不知道的事是，我人生的第一口酒、第一支烟，是因为你。

也许，你更诧异的是，我喜欢过你，非常、非常认真地喜欢过你。

兄弟，你得好好过啊，不能像以前那么颓了，别让人操心，听说你老婆是学护士的，肯定能照顾好你。你俩啊，要把所有春天揉进一个个相拥早起的清晨里。

你别怪我多事，我知道我无理，可只有你过得好，才不枉朋友我那么年轻的时候，穷尽一切办法地喜欢你。

于我而言，所有的酒都不如你，喝下再多还是会想你。

似乎每一天的风，都会吹向你。

现在是凌晨一点二十六分，卧室的窗户飘进一阵清风，我想到了一首词，送给韩苏，也送给"你"。

"春水初生，春林初盛，春风十里，不及卿。夏风微醺，夏荷微露，夏夜星河，思念卿。秋池渐涨，秋叶渐黄，秋思满地，尽是卿。冬阳渐晚，冬露渐寒，冬溢千郡，又逢卿。"

夏天，我想谈恋爱

我曾经问过朋友们一个问题："什么时候，你会很想谈恋爱啊？"

A说："想分享我的生活、我的感动，想发牢骚、吐槽，说说生活中那些高兴不高兴的事儿的时候，忽然发现没人可以听我说。那时候，觉得自己真的好需要一个伴儿啊。"

B说："我就是发现越来越想有人抱抱我，但还是找不到合适的。"

C说："一个人听着歌走在很长很静的路上，看见街边有情侣在亲吻，女孩吵吵着要公主抱，两个人一起笑的时候，忽然觉得自己的存在好唐突啊。"

D说："可能就是夜里很晚还不想睡，没有人能聊天，手机放在一旁一整天也不会有人找的时候吧。"说完，她举起手机，示意我们看空白的聊天界面，"喏，你看到的，就是我的日常。每天对着通信录里好几百人,也就只能点个赞的悲哀日常。"

然后,她们齐刷刷地回头问我:"那你什么时候会很想谈恋爱啊?"

我啊?我吗?我时时刻刻都很想谈恋爱啊!

一到夏天,就觉得应该有人站在我身边和我一起笑着闹,夏天就是要恋爱啊。总觉得,傍晚的时候,窗外的知了扬扬得意地鸣叫起来,就该和喜欢的人一起轧马路,说一大堆没有任何营养但还是很想对彼此说的话啊。夏天,就想腻在一个人身旁,天天和他重复着"我想你啊,我爱你啊,好爱好爱啊"。就算你说我"傻白甜""软腻贱",我也是欢喜的,只要是你,就已经足够好了。

我不只一次地说我喜欢民谣,其实,我就是想矫情又含蓄地表达我喜欢一个人的态度就和喜欢歌曲的类型一样。

三分喜欢的人,就恨不得将他挂在嘴上招摇过市;等到六分喜欢的时候,就只能跟至亲密友分享;若是有了十分喜欢,那就是和谁也舍不得说了,就憋着,每天憋着一点小高兴,像只松鼠攒着满腮帮子的果仁儿似的偷着乐。

那时候的我们,真的是可爱到冒泡泡。

我常想,到底怎样才是两个人最舒服的相处状态呢?我确确实实处理不好边缘值,喜欢谁就一直想占有谁,别人偷瞄他一眼,我心里就暗暗别扭,不得劲儿,更别提他看哪个小姑娘了。

原来,我喜欢叫嚣着说:"不许看别的女孩!比我好看的,活不过今天!"

他喜欢捏着我的鼻子说:"比你好看的,昨天就已经死没了,压根儿活不到今天。"

我俩就喜欢进行神经质似的对话,不管怎么样,在他心里,我就要是最好,最最好,就像是我喜欢他那样。

后来,接触的人多了,才知道两个人在一起,最舒服的状态是忘记彼此在谈恋爱,不费神不刻意,不用琢磨也不需要纠结。他有他的事情,我有我的安排,互不打扰。我忙工作的时候,他会主动给我泡杯咖啡;他专心干活的时候,我飞过去结结实实地给他一个热吻。真的,想想就觉得那场面是带着午后阳光的暖黄色。

总觉得,夏天是专门为恋爱的人诞生的季节。没有任何时候,比夏天更适合谈恋爱了。两个人大面积地赤裸着皮肤,手里拿着一会儿不吃就会融化的冰激凌,逛不完的公园、游乐场,牵不够的氢气球和对方的手。

我想到了一首歌——*Thirteen Things*,歌词里有一句:"When I look at you, I see summer"(当我望向你时,我就看到了夏天)。

春天是适合暧昧的,而夏天是属于热恋情侣的。一想到夏日,我就会自动想到悠长的假期、海边、大太阳、碎花长裙,以及发生在夏天的浪漫和小感动。

记忆里,夏天总是和爱情有关的。日剧《心有所属》里,失业的蛋糕师樱井美咲来到喜欢的人在海边开的餐厅工作,因为太久没谈恋爱了，连接吻的方法也不记得了。她一边努力工作，一边憧憬着亲吻、约会和恋爱。所有的故事，就从神奇的夏天开始了。剧中间，女主角被刁难了无数次，各种冤家日常让她抓狂。然而，最后爱上的，居然就是那个在心里戳了他无数次的讨厌家伙。

隔着屏幕，我不断吐槽着浮夸的套路和狗血的情节，然而还是忍不住嘴角上扬，被好看少年和懵懂少女的超甜日常打动。毕竟，每个女孩心里都装着一个盛满浪漫的房子，打开房门，各种颜色的小心心会不断地往外冒。那种感觉，应该就是爱情的味道。

你问我什么时候想谈恋爱？

其实，我春天也想谈恋爱，我们可以一起去研究所有事物的春暖花开。

其实，我秋天也想谈恋爱，我可以告诉他落叶归根也算浪漫。

其实，我冬天也想谈恋爱，冷的时候可以拥抱着相互取暖。

其实，我并没有特别想在夏天谈恋爱，但就是特别想拉着他的手，光着脚丫一起在沙滩上奔跑，一起头贴头安静地看大海。

记忆中那些难忘又煽情的小事儿发生在夏天，所以，我对夏天有满分的好感。

夏天，又可以穿上漂亮到飞起的花裙子，配上精致的小高跟，站在你面前，想象你会眼睛里充满小星星地夸我美吗，会说一句很想亲亲我吗？

这个夏天，我想和你"第二杯半价"，你呢？

饲养过一头昵称为"猪猪侠"的女朋友

可能是体质的原因,我平时比较厌食,几乎不怎么爱吃饭,但我特别喜欢能吃的女孩子,觉得她们可爱,真性情。试想一下,只要和男朋友在一起,几乎所有女孩子都在小心翼翼地收紧胃,谨慎地拿着筷子,观察男朋友吃了多少,什么时候放下筷子,还要确保自己一定得比他吃得少。那个时候,能吃又放得开的女孩显然更可爱。

记得一个晚上,我们在外面吃烧烤。说真的,现在烧烤已经对我产生不了一丁点儿的诱惑力了。听一听,多悲哀,没什么爱好,对美食毫无念想,简直生无可恋。就在我不断用叉子戳着盘中的肉筋的时候,邻桌一个女孩豪迈的声音响了起来:"老板,再来二十个羊肉串,加上两盘烤韭菜,别忘了刚刚要的烤羊排还没给我们上来呢啊!"她洪亮的声音里流露出来的庞大数量,让我们桌的几个人同时望向了那个坐在我右边的姑娘。

呃,邻桌就两个人,她,还有她男朋友。男朋友很瘦,姑娘比较圆润。嗯,感觉不太尊重人家,应该说长相很旺夫,圆嘟嘟的特可爱。他们的桌子上已经摆了一排空签,放在女生那边……

我吃饱了,百无聊赖,就晃着叉子听了听邻桌的对话。

女孩问男朋友:"你不要吗?"

男朋友一脸惊呆、错愕的表情,遂问:"难道刚刚那二十串里没有我的份儿吗?"女孩憨厚地点了点头。

男孩的表情更惊讶,但还是鼓动了一下喉结,说:"没事,还有一个烤羊排呢,我吃那个就行。"

女孩听罢,很激动地说:"那是我的夜宵啊,我准备打包的!"

男孩:"……"

我憋不住笑,又不敢出声,只能偏着头,捂着嘴"嗤嗤嗤"地笑。

不一会儿,菜上齐了,大家也快吃完了,处于饭后的闲谈状态。桌上一个好事儿的男生低声告诉大家:"快看,往右边看。""对对对,看那女的,还有她对象的表情,哈哈哈哈哈……"然后,大家看着她男朋友尴尬的神情,还有姑娘狼吞虎咽的吃相,乐不可支。

出门的时候,我们还打趣说:"谁要是有幸找一个那样的老婆,真的是三生积德了,多萌多可爱啊。"

男同志们一副奸笑得意的表情,他们沉默了一会儿,又集体发出了一声爆笑,目光齐刷刷地盯在了同行的一个男孩身上,暗示性地向他挑眉:"来,'养猪专业户'分享分享心得,介绍介绍经验。"被取笑的男生也乐了:"挺好的呀,再不高兴的事,一顿饭就哄好了。"

大家一边集体轧马路消化食儿,一边听他们的故事。

男孩说:"大多情侣之间的对话应该是'今天去哪里玩?去看什么电影?'我俩从刚开始在一起的时候,日常就是这样的:

"'今天去吃烧烤好吗?'

"'好啊好啊,那吃完烧烤那么油,咱们再去吃点冰激凌解解腻吧?'"

我们的朋友心想:"姑娘真可爱。"

结果,两个人吃了四百多的烧烤!烤串可是两块钱一串啊,两个人,四百多!结账的时候,老板都蒙了。

出了烧烤店,女孩子一边打着饱嗝,一边撒娇地说:"好腻啊,咱们去吃冰激凌吧。"说着,女孩子轻车熟路地走到了一家距离他们最近、位置却很隐蔽的肯德基。

"两个圣代,要巧克力的,多加巧克力酱,拜托啦。"然后姑娘一脸娇羞地回过身,问他,"你要什么果酱的呢?"

"不是两个巧克力的吗?"

"嗯嗯嗯,是啊,我是要两个巧克力的啊,我在问你啊,亲爱的,你要什么果酱的?草莓的还是芒果的?要不听我的吧,还是巧克力的最好吃,我再让他多给你加点巧克力。"

....

两个人相处了两年零四天,女孩子的体重从一百零六斤狂涨到一百五十四斤,男孩的手机里女朋友的备注是"猪猪侠"。

我们笑:"原来你口味这么重!"

他叹了口气说:"你们知道吗?我俩生气的时候,我压根儿抱不动她。她身高一米六五,我身高一米八七,我俩一样重……但是,相处久了,感情联结着彼此,就不会因为可笑的体重而轻易分开啊。"

众人点点头,示意他继续说。

"从我们认识的第四个月起,我对象就吵吵着要减肥。她决定晚上不吃饭,后来实在太饿了,逼我在凌晨一点半下楼给她买面包,还说如果吃不到,第二天就要饿死了,就饿到那个程度了。

"我当时很无语,但也舍不得让她受罪啊,就穿上羽绒服顶着风去了超市。回来的时候,发现她不在家。就忙给她打电话,结果手机铃声在枕边响起了。我心里害怕,猜想,她不会是晕过去了吧?饿得不行了被救护车接走了?不能吧,就一天没吃饭,不至于吧?但是,她是实实在在的一个钟头都没回来啊!

"就在我万分担心的时候,我女朋友开门回来了……手里拎着一大包零食!"

众人爆笑。

"我问她去哪里了,她说,忽然想到只吃面包太干,本来想要让我再带份酸奶上楼,发现我没带手机,就只好自己下楼买了。

"我……只差无语凝噎了,就问她'那也不至于去这么久啊?'她说附近小超市没有她喜欢喝的牌子,就打车去了家乐福,发现家乐福关门了,又迎着路走了好久,终于找到一家二十四小时营业的超市。她感觉自己太不容易了,一定要多买点,然后就东挑西选,结果就迟了。"

"然后呢?"大家问。

"然后,她还特委屈地凑上来说:'老公,你不会生我气了吧?可是刚刚人家真的是饿到快晕过去了啊。'

"……那你还能坚持走两条马路?

"'老公……'我能怎么样呢?还不是就此作罢……"

我们笑得前仰后合,问:"那最后为什么分手?"

他微笑着说:"她去我二舅家,吃了人家上供用的烧鸡,你们知道怎么吃的吗?是掰了鸡腿,每一边的鸡腿吃到一半,再塞回去,却装作什么也没发生的那样,就是,从外表上,完全看不出来的那种。"

"那你们怎么发现的呢?"

他继续微笑:"我能说她太紧张也太胖了吗?我二舅家地方小,她转身回头的时候,直接蹭掉了盘子,鸡肉都撒在地上了。两个鸡腿,就剩下个棍和最上面的一丁点皮了,行吗?!"

我们就差笑晕过去了,男孩叹着气摇摇头。

笑归笑,但我一直记得男孩那句话:"感情联结着彼此,就不会因为可笑的体重而轻易分开。"

听说,幸福的人容易长胖,那些脂肪,可能是我们不懂的情深。

幸好你来过，不然总觉得自己没爱过人

年轻时爱上的那个人，无论他在别人眼里多混蛋、多不可理喻，之于你，他都是值得时时刻刻用所有热情去对待的人。

曾经在最青涩美好的年纪爱上一个少年，谈过一场轰轰烈烈却又无疾而终的恋爱。至今也无法忘记他吃饭时握筷子的方式、犯错时手足无措的样子、说爱我时脸上的笑容，还有离开时决绝的背影。

我问自己："他到底有没有爱过？如果爱过，我们如今为什么会形同陌路？"后来看到九夜茴在《匆匆那年》中说："所有人在发誓的时候，是真的觉得自己一定不会违背承诺，而在反悔的时候，也是真的觉得自己不能做到。所以，誓言无法衡量坚贞，也不能判断对错，它只能证明，在说出来的那一刻，彼此曾经真诚

过。"我就像被当头一棒，明知那就是真实的人生，却总还不愿意相信。

有时候，会在失恋后无奈，为什么恋爱时没有多看看前人们的忠告，多知道一点也就不会落得那样的下场。可转念一想，该来的总会来，那些在彼此身上发生的故事，又怎能与他人的经历相比较呢？每一个人的相处方式不同，又怎么能参考教科书式的方法来磨合彼此呢？或许有人能从中参悟到一些道理，可有句话叫"不到黄河不死心，不见棺材不落泪"。我想，那就是像我一样的多数人吧。

有时候，我觉得爱情的力量真是伟大，它让一个从没单独出过远门的女孩儿在凌晨独自一人去到另一个陌生的城市，只为了多与自己的心上人待一个晚上，它让一个人产生甘愿受伤也不放弃爱的态度。

曾睡眼惺忪等到深夜，就为了给他发一条长长的祝福短信；曾在节假日手忙脚乱地为他编织围巾；曾在回家的路上悄悄挽住他的胳膊。每一件细微而温暖的小事，点缀着那段幸福的日子。

不知道你有没有那样的感受？明明就是那个曾牵起你的手，拥你入怀中的少年，明明还在和你说着情话道着晚安，却突然在第二天清晨从你的世界里消失，从此天各一方再无关系。你纵使有一万个疑问也无法再问出口，只能接受，而后在漫长的时间里，那些残留的习惯依旧顽强地活在你身上，你才发现自己身上竟有了他的影子，却也仅仅剩下影子。

我从不后悔自己有过那样一段时光,他教会我付出与爱人,同时教会我自保;他让我感受过青春时代最明媚的爱情,也让我体会到爱里的无奈。正是他,让我认识了爱上一个人时的自己。那份纯粹和美妙是无法被替代的,即使多年以后他成了我闭口不提的往事,那些年轻的感受也永远无法磨灭。

后来,我无法找到另一个人来替代他,我伤害过很多人,我曾迫切地想找到一个人来填补内心的空缺,然而越是这样,越不尽如人意。

他来过,我知道爱情的样子,也明白再不会有一个人如他一般深入我心。纵使那人光芒万丈,也无法替代曾经的温暖。

如果不是他,我甚至怀疑自己没有爱过人。

妈妈教会我的那些事儿

张晓晗说:"我崇拜过、羡慕过那些厉害到发光的人,但是能倾其所有保护我的才是神。"

童年时代,我特别羡慕那些每天有五块钱的小朋友,我觉得他们是我接触到的最早一批"富二代"。同桌家里是做烟草生意的,每天能有三块钱零用钱。

我问同桌:"那么多钱你能花完吗?"

"其实费点劲,但是世界上没有什么难题是解决不了的,只要你肯动脑。"那时候,胖胖的他吹了第一个牛,一本正经的样子还逗笑了我。

我说:"谁教你的?"

他特自豪地说:"我妈。"

那天，我回了家就问我妈："为什么别人能有那么多零用钱而我却不能有？"我质问她家里的钱是不是被她藏起来了。

我妈说："我把钱种下去了，等过两年，钱就会长大开花，结出好多好多的钱。可是开花之前，我们不能去惊动它。"说完之后，她带我去阳台看一株茁壮成长的小植物，她指着根茎的嫩芽说："闺女，看到了吗？"

我惊喜地说："看到啦，看到啦！"

当时，我只有八岁，对世界一知半解，惊喜之余更多的是担忧。我很怀疑，一个绿绿的小东西和那些红艳艳的人民币是不是真的能产生关系。

我问我妈："你确定它能长出来钱？"

"当然能。"说着，她掏出了几张一百块钱，"看见没？就是上次长出来的。"

我惊喜极了，觉得自己发现了一个惊天大秘密。

那天之后，我告诉同桌："我们家的钱，被种下去了。别看我现在兜里就五毛钱，等钱开出花结出果，我能有钱到让你害怕！"那时候，我骄傲到不自觉地提升了几个度的语调。同桌羡慕得要命，一直求我告诉他怎么才能让钱开出花。毕竟，对于孩子而言，那花意味着数不清的棒棒糖、玩不尽的溜溜球，还有吃不光的"小浣熊"。

那天开始，我觉得就算别人有十块钱，也没有我牛，他们不会让钱开花，可是我妈妈能！

那时候，我们家的经济状况不好。但是，我妈很可爱的一点是，她从不会对一个孩子说出那么多很残酷很现实的话，不会像别人妈妈一样一味哭穷。

真的会有哭穷的家长，朋友大壮小时候，他妈妈就一直在他面前说咱们家欠了多少多少外债，活得多么多么不容易，一直告诫他每花一分钱都要前思后想三四个回合。现在大壮已经赚了很多钱，但生活品质一直得不到提升。那些记忆让他觉得给自己买稍微贵一点的东西就是浪费和奢侈，甚至会为了隔壁街的西瓜比楼下的便宜七毛钱而特意开车出去。

他说，穷怕了。

我觉得好心酸，并且认真地感激我妈妈，在那个物资贫瘠的年代里，她用自己的想象力维护了一个孩子关于未来的想象和脆弱又敏感的自尊心。

有什么是比给一个人希望更重要的呢？

今年我二十二岁，我对所有关系抱着期待和向往，对所有工作怀着一腔热忱。即使它们确实会有别人看起来枯燥无聊的内容，但怀着一股子傻劲儿，我完成了很多原以为不可能完成的任务，也有了一些曾经不敢想象的成绩。

我知道，从平淡生活里活出花儿的心态，是妈妈教给我的。

小时候，所有小朋友的包书皮是日历的背面白纸，可是我的却是彩色的，那是妈妈用水彩笔画上的彩色封面。

小时候，我傻乎乎的，没到学期末，课本最后几页就不见了，我妈能用仿宋体一页一页给我抄出来。

家境不好，一件很高档的儿童大衣手肘磨破了一个口子，我妈给我用彩色丝线绣出了一朵活灵活现的大牡丹花，结果衣服比原来还要好看了。

我妈真的很重视我，我知道那和有没有钱没关系。那些需要钱来解决的问题，我妈总是会用更多的心去补上。

我长大之后，妈妈利用观察猜测着我的生活状态。最近，我工作不顺，好久没开张，发了一条朋友圈抱怨。结果，我妈看见后二话没说给我转了三千块钱。

她说："大丈夫出门在外，不能畏畏缩缩，别因为几千块钱影响了自己的格局。等你缓过劲儿了，等着白老板包养我。"

我回她说："我可不会让钱开花的手艺。"说完，两人都笑了。

我很怕遇见那种一心为我，不求任何回报的人，我会觉得那比有所图更让我压力山大。我妈懂我，所以，每次我带她出去旅游，给她买什么东西，她不会一直推推搡搡地说不要，反而很大方很开心地接受。无论我带她去哪里，哪怕是走到磨破脚，她都满心欢喜地说"好开心好开心"，所以我也好开心好开心……

妈妈的喜悦，让我觉得我的努力是有价值有意义的，它能带给家人更好的生活，能让我们更加开心。现在，妈妈头发白了，年纪大了，那么好看的一个女生，也长出皱纹了。努力完全不会是压力，反而是一种强大到爆炸的动力，满心喜悦的动力。

正是因为被一个人爱着的感觉太美好，我总是愿意带着一身力量去敞开怀抱、接纳别人。正是因为我的动力太足太强，在所有困难和压力面前，我总是会有浑身的力量。

…………

每每想起妈妈教给我的事儿，就很想亲一下我妈啊！

在机场,真的可以等到一列火车

工作需要四处奔波,我去过很多次火车站,看见了许多来来往往的人。大家疲惫地低着头,坐在座位上摆弄手机,反复滑动着小小屏幕,上上下下。每个人身边都放着大大小小的行囊,人人都裹着一身的风尘仆仆。我们出没在一个个让人心跳的高地,然后,从一地迁徙到另一地,中间需要的,可能也仅仅是一列火车的距离。

火车从南到北,从东到西,一直不知疲惫地跑啊跑,我很想知道,如果它会说话,会不会哭着说自己好累,很想有一个稳定停泊的地点,很想有一个安定的家。

谁心里又真的愿意东奔西跑呢?

中国人更渴望安稳,比如一间属于自己的房子、一笔自己的存款。房子不能是租的，租的房没有安全感，谁知道房东会不会随时后悔，自己会不会随时被迫搬家呢？就像是借了人家一件东西，你小心翼翼地用着，越用越顺手，但是你知道它始终是别人的，是要还回去的。你也无法预料什么时候它就被收回了，那时候，你在它身上寄托的所有情感，一下子也就被通通没收了。

我们奋不顾身，咬着牙也要成为"房奴"，为的就是一种踏实。

嗯，我住的房子，终于属于我了。

我不用再频繁地搬家了，我终于可以自己做主了。我想在墙上钉个钉子，就可以马上去买锤子。我想把电视机换成最原始的黑白大屁股，就能立刻去二手市场淘宝贝了。我不用再和别人商量，也不必看别人脸色了。

哪怕只是拥有一间属于自己的小破屋，只要房产证上写着自己的名字，我甚至不想去管什么七十年产权不产权的问题，我只知道，至少在七十年里，我可以活得安稳，内心自在。

我们总在分开的时候幽怨地说："终于明白多年的等待是毫无意义的，就像是在机场等一艘船，抑或是在火车站等一架飞机轰然落下又缓缓飞起来。望眼欲穿那么久，才明白我们之间，是机场等不到船、火车站等不到飞机的爱，爱你只是我的徒劳无功。"

"安全感"是挺抽象的一个词，怎么才算是安全呢？多安全才能安心呢？

人的孤独就是在无数次地棒喝我们："人在本质上是无法拥有

任何事物的，永远如此。"我们留不住年轻，留不住时间，留不住子女，留不住父母。

房子有七十年的产权，汇率在不断变化，股市大盘每天会出现新的风起云涌，每一克金子的价格也在上下浮动。我们处在一个无限变化的年代里，究竟怎么才能算是安全？

一动不动是吗？还是一直坚持保持和世界同频率的运动？时间长了，精力尽了，你又跟得上吗？

年龄越大，似乎越容易恐慌。钱还没赚够，婚还没结呢，贷款没还完，车又得送去做保养了，爸妈的医疗保险也该续上了，孩子兴趣班是不是又得交学费了？人人心里一把火，呼呼地烧着，烧得自己焦头烂额。

我也不知道自己的未来在哪里，爱情又在哪里，我也焦头烂额。只能给你们讲一个故事，也许它会让你焦灼的内心得到些许敞亮，让你对爱失望至极的灵魂，能被轻轻安放。

爱是不是办法的来源？是不是一条渠道呢？我不得而知，也许有时候，我们可以在机场等到一列火车。它载着你的一脸憔悴、一颗诚心，驶向了那个有他的地方，中途的那些期待，可能就是安全感吧。

"如约而至"是个多么美好的词啊，即使你等得很苦，但你知道，我从不辜负。

如果我对你有十分喜欢

前一阵儿,网上流行一篇《男朋友宠爱指南》的文章,大意是:将一个男生喜欢你的程度划分为十个等级,每个等级会对应特定的表现。一个粉丝说:"白哥,你能不能写一篇女生爱人的划分?"

屏幕上齐刷刷地"楼上+1",我忽然想起了那首《爱你十分泪七分》,里面一句歌词是:"我沉醉那么深,比谁对你都还认真",真是形象地表达了我的心境。

"女生宠爱十分制"的划分,是为了给众多男性"导盲",替爱一个人十分,但只表达三分的姑娘说说话。

当一个女生对你有一分喜欢:

她会回复你发来的无聊微信;她会没事儿给你朋友圈点个赞,

评论一下，说明一下她关注你；你半夜蹦迪的时候她会发一句："大爷玩得愉快，哈哈哈"；你深夜宿醉的时候，她会微信叮嘱你一句："别喝了，早点回家。"

至于你是不是真的会早点回家，是不是又去撩了别的姑娘，你加了谁的微信、和谁暧昧，于她而言，全然无所谓。你有你的日子，她有她的生活，会有短暂的交集，但她不会有任何想法。

当一个女生对你有二分喜欢：

她看见什么有趣的、好玩的，会想着和你分享。无论是微博上的段子，还是朋友圈里的图片，她会想发给你，让你开心，也想让你感受她的开心。她会主动找你说话，如果你及时回复了，你们会聊到很晚；但如果你没回，她也只是点开你的头像翻翻你近期的朋友圈，再娴熟地退出软件。

当一个女生对你有三分喜欢：

她在洗澡的时候，会注意手机铃声；在屏幕亮起的时候，会马上跑去看看发来消息的是不是你；如果是你，她会着急地擦干手回复你，不想冷落你一分钟。

然而，她是一个姑娘，所有细节和她波动的内心，她是不会告诉你的。她只会每天和你嘻嘻哈哈地聊各种看似很没营养的内容，可能有的时候，她会大胆地给你发来一个视频聊天，还逞强说："我就是想看看傻子。"

当一个女生对你有四分喜欢：

她会在百度、新浪、贴吧、校内搜索你的名字，她会像个侦探一样努力寻找着关于你过去的细枝末节，她开始知道了很多关于你的事情。你点赞过的微博她会看，你关注的女孩，她也要去翻翻人家相册里的自拍。她会暗自揣测你的过去，想象你的如今，试探你的态度。每次你约她的时候，她会在家把头发洗好，把妆画得很精致；她会趁你不注意，偷偷看你，看一眼，再看一眼。

当一个女生对你有五分喜欢：

她会想象和你在一起的未来，想象以后你们的家庭，想象你们的孩子叫什么，想象着未来婆婆会不会不喜欢她；她开始对你话多起来，会嘱咐你"少喝酒少抽烟"，会唠叨你"别总打游戏，对眼睛不好"。她开始娴熟地点各种你爱吃的东西，她看过了你所有的朋友圈，她是个不相信星座的人，可是看到摩羯座和处女座最配的时候，她能高兴一整天。

当一个女生对你有六分喜欢：

她会有些无理取闹，开始不那么大方宽容，会追着问你通讯录里的"女神"到底是谁；她会变得有些敏感，有些神经质，她会因为一点小事儿和你大哭大闹。因为她实在太在乎你了，所以一点点微不足道的事情在她心里会被自动扩大无数倍，再无限制地单曲循环。

一个女生对你有七分喜欢：

她会千方百计地想着怎么帮你省钱，会攒钱买各种你喜欢的礼物；她再也不是那个洒脱不羁的女孩了，她不会再俏皮可爱地嘟着嘴管你要礼物，不会说"老公，你别工作了，快陪我打一局王者荣耀"。她好像越来越懂事儿了，但好像也越来越没情调了。她想告诉你，为了你她到底改变了多少，一直想告诉你，可话到嘴边又咽了下去。

她在意和你有关的所有异性，她开始追问你前任的名字和你们之间发生的故事。她会搞得你很苦恼，说了她不开心，不说她就一直问。

当一个女生对你有八分喜欢：

你们差不多已经相处了一段日子了，你们开始彼此习惯，习惯对方的作息规律和爱好口味。你们也吵过好几次了，她也为了你撕心裂肺地大哭过好多场了，她也和你说分手好几回了。

然而，她还是每天勤勤恳恳地给你洗袜子、洗内裤，你的一切被她收拾得干干净净。她心里想的全是你，她想每天起床能看到你，睡觉能抱着你，就是上厕所的时候，她也想喊你名字，听你回答一句"哎"。

当一个女生对你有九分喜欢：

她忽然什么也不想要了，她想的不是要和你去哪里旅游，也不是要和你在落地窗前做爱，更不是要在大街上和你放肆高调地亲吻。那些星辰大海、远方诗歌，她不感兴趣了。

她喜欢你，就是想和你一起吃饭，一起吃好多好多顿饭。两个饥肠辘辘的人坐在桌边,吃水煮鱼、麻辣小龙虾、鸭血粉丝汤,吃寿司,吃蛋挞,吃一切辣的不辣的食物。吃饭是最有生活气息的,嘴里塞满了食物,抬头又能看见喜欢的人,两个人开心地聊着天,胃和心无比满足。

她想得越来越实际和简单,她明白能够和一个人好好坐下来吃一顿开心饭,吃一顿不看手机的饭,太难得了。

我知道你们很想看,一个女生对你有十分喜欢的样子。男人的"十分爱情",始于感情刚开始的时候,但女生不是!女生的爱是加分制的,随着时间,越来越深;而男人的爱是减分制的,开始是满分,后来分数越来越低,好感越来越少。你问我,女生爱一个人到满分究竟是什么样的?

其实,我也说不好那种感觉,给你们讲一个故事吧。

动画片《海绵宝宝》里,派大星说:"海绵宝宝,我们去抓水母吧!"

海绵宝宝回:"对不起,派大星,今天我要去上课,不能陪你去抓水母了。"

"那你不在的时候我该做什么啊?"

"我也不知道啊,以前我不在的时候,你做些什么啊?"

"等你回来。"

嗯,等你回来,你走了千里万里,我都会在家里,安静地,听话地,等你回来。

Chapter 2
孤独的频率是五十二赫兹

孤独的须鲸能在如此严峻的环境里独自生存多年,足以说明它没有什么健康问题。即使孤独,它也自得其乐。

如果你还在就好了

无数个脆弱想哭的瞬间,我都在想:"如果你还在就好了,一切一定是不一样的,一定会比现在好的……"结果,还是我一个人,熬过了所有的孤独时刻。后来,我想:"不用了,谢谢你。"

我不知道多少人和我一样拧巴,喜欢独处又渴望有人陪伴,渴望被了解,但又害怕被看穿。每当身边人靠近的时候,我就会习惯性地拉好警戒线,在自己划定的小圈子里反复踱步,来来回回,以为走了很远很远了。然而,一回头才发现,原来从一开始我就在原地,一直都在原地。

村上春树在《挪威的森林》里写道:"哪里会有人喜欢孤独,不过是不喜欢失望罢了。"我觉得,较之热闹,我更享受一个人的时刻。

只有独处的时候，我才能真正面对自己的内心，听听它的声音。我太明白，无论顺境逆境，大部分环绕的人不是来陪伴的。看热闹的心思，远多于关心。独处的时候，总会觉得更自由，不用顾忌自己之外任何人的情绪。

如果我去逛街买衣服，一个人，就听从自己内心的声音，喜欢了，买；不喜欢，走。

如果我去图书馆，随处一站就可以看书，看够了就走，不用四处寻找同伴，考虑对方要不要走，也不用问她："咱们坐在哪里？你想去几楼？看什么书？"

当然，难免有需要陪伴的时刻。每次去吃火锅、吃自助，如果没有人坐在对面陪你谈笑风生，你看着周围男男女女嬉笑怒骂地围坐在一起，就会觉得孤单被呈指数级地放大了。它毫无节制，压得你喘不上气，你着急地想逃开。参加聚会的时候，三五个人聚在一起聊天，而你独自坐在一个小角落。那种体验，谁也不想经历第二次。

是的，我喜欢独处，但是，在另一种场合又渴望有人陪伴。我心里一万个希望世界上所有人全部喜欢独来独往，大家从不扎堆。我自己吃火锅，他自己吃火锅，那我就不会觉得自己需要人陪伴了……

你一定有过那种感觉，当你心事重重，渴望约一个人谈一谈的时候，那个人来了，他在你身边了，可你们的对话变成了两条七扭八歪的曲线，各自占据一边，看似盘旋围绕，可实际上却无一处相交点，就那么凄凉地、乏力地延伸了下去。

你敷衍着、笑着、听着，又怕冷场，补充着，装作很投机的样子，可是只有你自己知道，你心里到底是多么渴望他离开，让你静下来，好安置自己那份落寞。

每次走过那些熟悉的地方，做曾经一起做过的事情，我总会想："如果你还在，会是什么样？要是你在就好了……"

如果你在身边，谁还会费劲巴拉地拍照、修图、配文字，发微博、发朋友圈，我只要说给你听、指给你看，就好了。

在你错过我的太多日子后，在我一个人熬过所有艰难的时刻后，才发觉，在漫长的自我拉扯和反复煎熬中，我早已经不需要你了。当我一个人扛下所有难过的日子时，也不再需要谁安慰了。

我不甘媚俗、平庸，所以喜欢独处。

我希望棋逢对手，所以渴望陪伴。

你不在我身边，你也不会回来了。

那么，你走吧，我一个人，可以的。

不想谈恋爱了,他们都照顾不好我

"十九岁冬天,我一个人从知春里走到五道口,然后在清华园中静静溜达了一上午,买了个烤红薯当午饭吃。

"二十一岁初秋,我宅在家里不肯出门,看小说看电视,胡思乱想天马行空,太闷了就一个人出门逛街,买东西,看电影,打电玩。

"二十二岁盛夏,我唯一深爱的人弃我而去,我一颗心逐渐收拢,坚硬。

"二十四岁,工作之后遇到了困难,受人欺负,习惯自我消化、自我安慰。

"二十五岁初夏,我拿着一点钱,学会了一个人旅游,从西安到宝鸡,从九寨到成都,从西宁到格尔木。一个人坐车,看风景,吃东西,住宿。

"二十六岁,遇见喜欢我的人。他很好,但不知为何,我总有一种无力感。

"离家至今,已到第九个年头,我一直是一个人。我也习惯了一个人,习惯了单身。有时候,我站在电视塔上看北京夜景,霓虹辉煌,会觉得一个人静静地感受孤独的时候,有一种美感。我享受了太多让我感觉自己会一直单身的瞬间,却没有一个让我相信会有人陪我走下去的时刻。"

偲偲说:"可能我一辈子注定要一个人生活了。"

我说:"你别慌,还有我。"

她说:"生命中总有很多很多时候,会有一种莫名的直觉,觉得可能真的要孤独一生,青灯古佛以度残年了。"

我说:"我也是。"

其实,我骨子里是无比渴望拥有一个爱人的。他懂我的欲言又止,懂我的口是心非,懂我的一切言外之意。他可以拆穿我冰冷的面具,也可以握住我想触碰又收回的手。他心疼我的无助,在乎我的感受,惯着我的小性子,疼我、宠我、让我衣食无忧,活得像个废物。

我在外面做惯了耀武扬威的虎豹,也想依偎在谁的怀里,做他温顺的小猫。

我知道不只是我,每个女孩都是,大家希望遇到良人,和他以策马奔腾的气势去生活。然而,愿望总是美好的,现实会一再将我们从幻想中拉回,辗转几次后,我们便默契地放弃了想象。我们深知自己面对万丈深渊,背后没有后盾,便学会了一枪一箭,自己来顶。时间久了，我们发现自己很难再对一个人怦然心动了，也不知道该怎样与一个人维持长久的亲密关系了。

我很希望摆脱孤单，也有过尝试，可努力过后更觉筋疲力尽；我也曾想突破自我，尝试跟一个自己没有怦然心动但他却会全力对我好的男生在一起，结果发现，被不爱的人深爱也是一种痛苦。所有的好只能带来感动而非感情，所有的甜蜜不是因为爱情而是心中有愧，分开的时候竟然如释重负。

那些第一眼就让我心动的男人，往往早已不是单纯炽热的少年。他们成熟稳重，习惯若即若离，面对生活滴水不漏，但他们也让我胆怯。我猜不透他们心里究竟住着谁，愈发不敢也不愿伸出争取的那双手。

我常常想，自己伤害过一些人，拒绝过一些人，也尝试与一些人在一起终而失败离开，一切终究是要还的。我知道，像我一样的人很多，也许你认真谈过恋爱，他们会说喜欢你，甚至说爱你，但没有人真正理解你、懂你。

你为了打发无聊的时间，将一腔心事散在了酒里。可是，即使你喝酒喝到醉、喝到吐，也没有人伸出一双手。你总是喜欢熬夜，熬到眼红熬到心脏狂跳，你知道不好，可你还是睡不着。你把朋友看得很重，但你又似乎没什么朋友。

如果，我说如果啊，有人愿意保护你，你就剪掉身上的刺吧。

孤独的声音是五十二赫兹

二十世纪八十年代,美国伍兹霍尔海洋研究所曾在北太平洋发现一种频率为五十二赫兹的神秘声波,随后美国海军进行了追踪并证实声音来自一头须鲸。那头须鲸的发声频率远高于同类听觉的上限,也因此独自游吟二十载而从未有过一个知音。

它叫 Alice,1989 年被发现,1992 年开始被追踪录音。于别的鲸而言,Alice 就是个哑巴。

多年以来,它没有一个朋友。唱歌的时候,没有任何一个同类能够听见。哭泣的时候,也没有谁能发觉。快乐不能分享,悲伤也无人理睬。原因是孤独的 Alice 的声音频率有五十二赫兹,而正常鲸的声音频率只有十五到二十五赫兹,它的频率一直与众不同,也就注定孤独。

知乎上有一个问题:"哪句话让你一下子就记住,并记了好多年?"高赞回答是:"谁终将声震人间,必长久深自缄默。谁终将点燃闪电,必长久如云漂泊。"我也忘了自己最初是从哪儿看到它的了,可是一听,就记住了很多年。那句话里,是高处不胜寒的孤独。

网上曾流行过一张表,表格里将孤独划分了好多个等级。前三级,一个人去逛超市,一个人去快餐厅,一个人去咖啡店。我觉得还算正常,我甚至还享受它们。但越往后,就越虐了,独自看电影,独自吃火锅,独自唱 K,独自去看海,独自去游乐园。最后两级是必杀级,能熬过来的,我想也就不需要谁的陪伴了。一个人搬家,不是没朋友,只是大家都忙,不想去打扰,便独自拖着大包小包,一层层爬楼梯;一个人去做手术,没有安慰,没有扶持,楼上楼下地跑着挂号缴费,输个液也心惊胆战,怕自己睡过去,万一进了空气可就糟糕了。仅仅是想一想,也觉得怪惨的啊。

你数着回家的每一步,数着上楼梯的每一级,数着你经过的人,数着远行的鸟,就像是《甄嬛传》里被冷落的后宫娘娘,仔细地数着宫内的每一块砖瓦,三千九百六十五块,每一块都是不被呵护的尴尬。

你数着还剩多少钱,还有多少时间,却数不清自己已经第几次梳理生活了。你发着各种动态,刷着微博追着热点,你等着别人的回复,每几秒就刷新一次,然后关闭程序,再打开,再刷新,你不断地寻找着各种未读提醒,但一个也没有。你刷新,关机,又打开，又刷新。你不用指纹解锁，而是一次次地输入密码，后来，你把密码改得很长很长。

可能，我们每个人在失落无助的时刻，都是那只独自遨游在浩瀚大海的须鲸。只不过，我们只是难过一会儿，孤单一阵儿，而它，拖着笨重硕大的身躯，独自吟唱二十载，终得不到任何片刻的回应。

你觉得那是一个很悲伤的故事吗？然而，须鲸也有希望。

尽管它孤零零地独自漂泊，但西雅图国家哺乳动物实验室的研究员 Kate Stafford 教授曾在《纽约时报》说："孤独的须鲸能在如此严峻的环境里独自生存多年，足以说明它没有什么健康问题。即使孤独，它也自得其乐。"

你看，一头须鲸也可以鼓舞每一颗孤独且冰冷的心脏。尽管它的呐喊二十年无应答，只是在冰冷的北大西洋里回荡，可它也一直唱了下去。如此对比，自己经历的那点委屈和心酸，似乎不值一提了。

一个著名的禅门僧人问道："一只手的掌声是怎样的呢？"

也许，最佳回答是："它可以引起五十二赫兹的共鸣。"

白天段子手,晚上矫情狗

朋友圈是一个好地方,它让我们展示自己的同时又能窥视别人。二十四小时都有人刷屏,就像一座城市,永远灯火通明。大家笑着、聊着、热闹着,乐此不疲地彼此评论,点赞,可没有人停下来关心一下伤心流泪的人。

我习惯性晚睡,睡前又会习惯性地刷新一下朋友圈和微博,看得多了,就常常觉得,深夜的朋友圈,尽是人间疾苦。

如果你在凌晨一点后刷新朋友圈动态,你会解锁了解一个人的新方式,也会看见很多人平时没有表现出来的另一面。

每天嘻嘻哈哈不正经的王大有忽然变得好伤感,似乎又开始思念前女友了,真是个嘴硬的家伙,平时也不见他说。

时常更新段子的张二毛忽然转发了一篇情感文,尽管什么也没说吧,但还真不是他的一贯风格。

李三壮还在酒局上喝酒,他已经连续喝了六天了,创业失败后似乎每天晚上都会努力让自己喝多。

一向爱说励志鸡汤的张老四发了城市的夜景,他说这座城市灯火辉煌,可是没有一个能让他容身的地方。

……

可能想念就像荧光棒,白天看不见,晚上关了灯躺在床上,就会变得一清二楚了。无一例外的是,深夜里的真情流露,总会在第二天太阳升起之前被及时删除,谁也不想让人看到脆弱的自己,那个一身软肋、无一盔甲的人儿,只有夜里几个小时的呼吸时间。

我们在夜里矫情,需要人安慰,只是大家选择的抒发方式不一样。有人选择早早入睡,有人很晚还徘徊在街头迎着冷风抽烟,摇摇晃晃地走在路灯下面……

我羡慕早睡的人,毕竟我已经差不多一年半没有在凌晨两点前入睡了。早睡的好处不仅仅是身体健康,要知道,早睡的人就像早早地躲进了船舱,完美地避开了每晚不定时的情绪起伏和思念的惊涛骇浪。

不知道多少人有深夜翻看一个人微博的经历?从第一条翻到最后一条,放大每一张照片,仔细地看,不放过任何一条留言和回复,一字一句地小心分析着留言者和他的关系,一旦觉得暧昧,就不知疲倦颠颠儿地跑去看那个人的微博。你就像个小偷似的窥窃、查找一切关于他的消息,翻遍了几千条微博,可你连句话也没敢留,甚至不敢点个赞。你真应该庆幸微博、朋友圈没有访客记录,不然你最后一点的骄傲和逞强都不见了。

爱可真奇怪,它能让人白天义无反顾地扮演强悍硬派,也能让人深夜歇斯底里地沦为病态。比起爱,更奇怪的是我们,谁都不会因为同一个笑话笑两次,却能因为同一个原因哭上无数遍。很多时候心如明镜,可翻来覆去就是走不出来。

白天要一身英勇地披甲前行,全副武装去迎合生活的嬉笑怒骂。

晚上看客散去,独面自我,内心的委屈、伤心、不甘、失望全都不听话地跑了出来。

我们可能还有很多话要讲、太多的问题要问,但也就此别过吧,未来还有无数个夜晚,来日方长。

我也经常觉得冷,可我不会随便抱别人

可能是体虚,我总是感觉冷。别人穿短袖的时候,我穿长袖;别人着牛仔服的时候,我已经套上了厚毛衣;别人穿毛衣的时候,我已经裹上了羽绒服,披上了厚皮草。往往,出门时穿了一大堆衣服,总还是觉得一阵阵地发凉。

我是经常觉得冷啊,可我不会随便抱别人。

自愈,就是我的取暖方式。

我好像天生就是一个不善交际的人。多数场合里,我不是觉得对方乏味,就是害怕对方觉得我乏味。可我既不愿忍受对方的乏味,也不愿意费劲儿地让自己显得有趣,太累了。我独处的时候最轻松,因为我不觉得自己乏味,即使乏味,也自己承受,不累及他人,无须感到不安。

前几天，一个很聊得来的大叔跟我说："姑娘，我很想听听你的文学创作心路历程。"

我嬉皮笑脸地说："又没有功成名就，哪来的心路历程？所谓心路历程，不是要等我拿了奖杯，站在高峰，被闪光灯照耀满脸骄傲，才回顾过去发表感言的吗？"

大叔说："小姑娘，你还挺有趣啊，坚持自己的想法还不高冷，会照顾气氛，很有个性。但我还是想知道，除了梦想，还有什么原因让你坚持了下来？要知道，很多人曾经有很伟大的梦想，但因为种种原因而没有实现，可你不同，你走得很快，也发展得很广。"

一时间，我不知道该如何回话，心想："可能是因为内心的孤寂吧，可能是的吧。"

微信官方发过一条链接，题目叫《没有公众号，我可能要多奋斗十年》，朋友圈里很多人转发，大家感慨着公众号改变了自己的生活。我想了想，自己写到现在，抛开真的喜欢文字的理由之外，更多的，是为了发泄内心的苦闷。

过去的一段时间，我情绪很低迷，像大多数人一样，对身边的一切不满意，总觉得自己有能力也值得拥有一些更好的东西。我不想像周边的学生一样吃饭，睡觉，看韩剧，打游戏，就时常跑去图书馆。可能我长了一张爱玩的脸，就总是被冷嘲热讽："你还真是有内涵有想法啊。"我又不想把自己弄得很孤僻，"格格不入"似乎不是什么好词语，就主动融入她们，但那个过程，又让我厌恶且自我恶心。

总的来说，在向生活大环境妥协和坚持自我主张的拉扯中，我茫然了很久，也挣扎了很久。不是没想过要和大家一样说说笑笑、聊聊闹闹地厮混生活，只是内心里真的抗拒、真的不甘，也真的做不到。一次次强迫自己却无果后，我放弃了无用的自耗。

没有人和我说话，我也不愿意和谁多说，"切勿交浅言深"，我好像做得比谁都好。

实际上，我是一个多么渴望陪伴的人啊，很想遇到一个可以随时听我说话并理解我的人，但世界太大了，大到会让两个本该相遇的人走散在人海里，我始终找不到。我开始尝试着和自己沟通，在那个内心孤独却得不到满足的情况下，我看了很多书也写了很多字，与其说写给别人，不如说我只是在面对我自己。

我需要一个合理且安全的角落来发泄自己无处安放的情绪。很多话我不能跟家人说，也不愿和朋友讲，就假装文字是我的朋友，它安静地听我语无伦次地讲，不会无意义地发问，不会故作老成地给我许多不切实际的建议和指导。它会陪着我，从不嫌我烦，我愿意向它和盘托出自己。

我和所有二十多岁的人一样，总是在意别人的看法，我怕别人不喜欢我。回想近几年，自己好像干了不少傻事儿，明明已经给予信任了，却还是逃离不了用力过猛最终崩盘的坏结果。看过了几次背后使绊子、放冷枪，对于人，多少失去了一点信心。

人生路还很长、很远，我们可以满脸谄媚地向别人撒娇示好，故作乖巧，可内心的真正情绪，是骗不过大脑的，它比谁都知道。人的一生，真的很难活得尽心。我们总是会被身边各种各样的事情牵制住情绪和注意力，我不能毫不负责地向你们宣扬人生苦短、及时行乐，倒是更愿意尊重你们为自己人生做出的每一个决定，并投出一张赞成票。

  我赞成你们偶尔的不合群，赞成你们不开心时的任性和反抗，赞成你们失败多次后仍愿意为梦想孤注一掷的向往；我赞成你们偶尔的脆弱和不开朗，赞成你们不顾一切地爱一个人。只要你们能为自己的决定承担责任，只要你们能过得开心。

  一辈子说长也长，说短也短，没有什么是非做不可的，也没有什么是坚决不要的，只要自己可以为它承担，那所有的经历，皆是你自己的。

我想躲避拥挤的人群,想和自己说说话

很久没看电视,也很少留意热点了,好像也跟不上时代了,总是在女孩们茶余饭后聊热门情侣组合的时候一脸迷茫。世界繁华,信息量太大,我有点儿消化不了。

室友们取笑我老了,思维模式跟不上年轻人了。我一点也不排斥,毕竟,我一直渴望的,就是最原始的生活方式,阡陌交通,鸡犬相闻。我渴望那种安静恬然的生活,与世无争,大家亲密自在,没有攀比、诋毁、趋炎附势。每个人,都是平等的个体,谁也别羡慕或嫉妒谁。

世界上存在一种人,他们知道什么样的东西能取悦大众,也许是美好的外形、优雅的文字、流畅的抒情……他们也可以做到,但他们偏偏不去迎合,他们不屑于放弃自我,宁愿选择更为朴素、幽

暗的方式,选择做巨大冰山上那小小的一角。

就像那句话一样,为什么有些人为人友善却独来独往?他们为人友善是涵养,独来独往是性格。

大家一致觉得,我怪孤僻的。人家女孩子做什么都要成群结队,一起走,一起吃饭,一起洗澡,一起逛街,一起上厕所,甚至睡觉也要挤在一个被窝。我不,我更喜欢一个人,没有拘束,没有捆绑,没有依赖,当然,也没有人分享。

听起来,好像有点可悲,好像我身边没有任何朋友,对不对?并不是,恰恰相反,我和大多数人保持着良好的互动关系。不过,大部分是泛泛之交,萍水之缘,见面会点头微笑、大声打招呼,但他们绝不会半夜喊我下楼吃烧烤,也不会在困难之际向我求助。

发小说:"你可能没有意识到,你是一个挺难接触的人。"

我说:"怎么会?我多可爱啊,为人谦和善良,处事不惊,遇事不慌,最关键的是我温柔大方美丽漂亮……没道理啊。"

他很无语地摇下车窗,让风吹进来,给他噌噌上涨的血压降降火,缓缓说道:"怎么说呢,你吧,属于乍一看就觉得很孤傲那种类型的。首先,外形就让很多人不敢和你接近,像是自挂一块'生人勿扰'的牌子一样。嗯,怎么讲呢?对了,你看见三号楼那家养的大金毛了吗?你就是那副德行。"

我说:"你滚吧,滚到三号楼的金毛狗子那里,和它做邻居,天天吹牛,你看它有没有我的好脾气。我敢保证,它听你吹完第一句,心里就鄙视得恨不能冲上来咬死你。"

可能我们从小到大就没正经,嬉皮笑脸习惯了,他倒也没当回事,就自言自语地絮叨着:"其实呢,谁要是和你接触一下,就知道你并不是他所看到的那样,但谁也不敢轻易靠近呀,你身上的气场,分分钟拒人于千里之外……有时候,可能会有人想和你说说话、交交心,但是一旦踏入你划好的安全区域后,你的警报就自动响起来了。那声儿,啧啧啧,别提多刺耳了。"

我在一旁笑:"哥,你是真的吹牛不上税啊。"

他忽然一本正经地收起了笑容,很严肃地说:"我说真的,小同志,长此以往,你会没有好朋友的。"

我不知道怎么回话,嗯,好像我真没有几个好朋友。

"你知道为什么吗?"发小又开始装大明白给我分析,"因为你心里没有安全感,你怕依赖上任何人,怕接受任何人,所以拒绝和任何人深入交往。你总是点到即止,说穿了,就是你不自信。"

我说:"姐姐我风华绝代美貌过人,气场两米八,OK?"他鄙视地瞪了我一眼,不说话了。

晚上的风有点凉,吹得我膝盖生疼,胳膊上的汗毛也立起来了。自以为是的大哥问我:"你是不是冷?"

"姐姐体格好得很。"

他体贴地升上了所有车窗,在夏夜里打开了车内暖风,我心里忽然涌起一阵暖暖的热流。

其实，我知道他是对的。一个人太重感情就会患得患失，常常因为患得患失而拒绝所有可能深入了解的机会。那副样子不仅仅体现在恋爱上，为人处世的同时也无一不彰显着一份不自信。

人说越是缺乏什么，就越要拼命表现什么。明明心里弱得像个小老鼠，却要在所有人面前装出一副大老虎的嘴脸，哪里不平，哪里不正义，我就去哪里冲锋陷阵。

我看得清自己，一个人因为害怕被踢出队伍而主动离开，就是我。

我很少给别人打电话，不是心里不惦记、不想念，而是怕自己的电话和拜访是一种冒昧的打扰、尴尬的唐突。我不确定别人心里对我的评价，不知晓大家的看法，所以我习惯性不给别人打电话，不给别人主动发微信，却在心里无比渴望能收到四面八方的邀请。

你主动找的我啊，证明你还是喜欢我多一些的，你是想念我的，对不对？那种奇怪的敏感和顾忌，可能没经历过的人不会理解，而正经历着的人一定觉得心里被重重地一击。

人越长大，好像在意的事越多。

110cm 的世界很小，公主和南瓜马车，再加上满天繁星。

155cm 的世界很忙，初恋和荷尔蒙，还有改造世界大干一番的冲动。

177cm 的世界很空，看着高楼，没有存款，会开车却没有四海为家说走就走的勇气，异性朋友众多但没爱情，终于没有了万卷书，但取而代之的是更重的使命感。

十年匆匆而过，生活还在不断延伸。一棵越长越高的树，就算增添了苍老的刻痕，却也更坚硬粗壮了。平时嬉皮笑脸习惯了，现在练得一身铜墙铁壁，金刚不坏，不是很好吗？

而你，是我的秘密，我只能把你藏起来了。只能在深夜时分，戴好耳机，用音乐把自己与世界做了分割，试着和自己面对面地坐下来，好好聊聊，直面过往的心碎、孤独、欢喜悲愁、理想期盼，认真准备将来的生活，认真追求那些想要的，呵护那些失而复得的。

为什么越来越多的人爱删朋友圈

前几天,我一如既往地睡不着,闲着没事儿就回头翻了一下自己的朋友圈。讲真,我真的是一个很爱发朋友圈的人,可能跟我从小就写日记有关系。那时候,小小的我每天都要拿着日记本,工工整整地写下一天里发生了什么。

其实,写的过程也是一个自我反思的过程,重新梳理一遍生活,我们总是能发现很多当时没有意识到的问题。随着时间的累积,日记本变得越来越厚,像是一本成长纪念册,记下来的是我一步一步走过的痕迹,饱含着我吃过的苦、尝到的甜。

长大之后,不习惯随身带日记本了,更重要的一点是,每天发生的事儿太多了,不知道从哪儿开始记,太累了。我就将日记本搬到了朋友圈,从线下发展成了线上。

我迷恋那种经历的真实感，很希望能在自己年轻的时候留下很多照片和视频，写很多字，老了的时候，就会拥有一些面带笑容的回甘。然而，我逐渐发觉，自己越来越不爱发朋友圈了，很多时候，发完的朋友圈很快也会被亲手删掉。

我活得越来越不洒脱了，我感到难过，觉得自己变成了曾经鄙视的俗人，不能活得尽兴，不能玩得尽情。

那天，我想了想，人为什么爱删朋友圈呢？

大概是想和过去告别，遗忘一些事儿吧；大概是觉得原来喜欢的东西，现在忽然变得没意义了吧；大概是下一秒高冷孤傲的自己，讨厌上一秒矫情做作的自己吧；大概是因为朋友圈是发给特定的人看的，可没等到任何回音就觉得难过了吧；大概是当时很想表达自己的高兴或伤悲，过后一想，怕别人对自己有情绪，怕被看穿吧……无论是因为哪种理由，我们的朋友圈，终究是越删越少了。我们的情绪，也越来越不敢公之于众了。

我曾在微博上写过一段话："以前，哭的时候希望被人安慰，而现在，哭的时候只希望能安安静静地躲在一角，不被打扰。"我再也不需要谁发给我一些不痛不痒的问候了，我怕别人误解我，宁可他们不要了解我。

凌晨三点多，我看见堂哥发了动态："叶子，我想你了，我离不开你，你回来吧，我求你了，你犯什么错都过去了，你回来吧，我都不过问了，求你了。"文字下面的照片里是满屋狼藉，一桌子的啤酒和一烟灰缸的烟头。叶子是我嫂子，他俩处了七年，今年准备结婚了。可不知道怎么的，两人就黄了。

我挺想安慰他，也想问问到底是为什么，可一时间又不知道说点什么才能显得不那么刻意，才能给彼此一个台阶下，才能让他不那么尴尬。

毕竟，在成年人的世界里，比起伤心和落寞，外人的怜悯和同情才是最让人难受的。

我想了很久，也没找到一个合适的问候语，就按下返回键，刷了一会儿微博。可心里还是放心不下，又想回到朋友圈研究一下那张照片，看看他回没回家，再分析要不要给我二叔打电话。然而，我再点进去的时候，发现那张照片被删掉或者被隐藏了，我看不到了。

我试探性地给堂哥发了一条微信，装作一无所知地问他："忙啥呢？"

过了好半天，他才回我一句："潇洒着呢，咋的啦？"

"就是有点想你了，你啥时候回家？"

对话框一直显示正在输入，输入了半天，他发给我一句："傻丫头，别担心，你大哥好着呢！"我说："啊，你好就行，我又没说啥，想你啦！"

我分明看到了那条动态，可他说"没事儿"，他不想让我知道太多，那些情绪，他不是说给我的。

第二天，再看他朋友圈的时候，堂哥的头像左边只留下尴尬的一条横线，个人签名也改了，"以后我只有未来，没有过去"。一切好像就过去了，毫无生息，却又惊涛骇浪。

有些话，不能直接对你说，只能通过朋友圈分享的方式给你看，我只是想得到你的回应，可你连一个赞也没有点。别人的风言风语太多了，暗自猜测太狠了，我还是删掉了朋友圈。

我心疼和理解那些爱删朋友圈的人，总觉得他们是有故事的性情中人，单纯且温暖，明明满是软肋，却偏要装出满身盔甲。

如果说删朋友圈是与过去的自己和解，那么完成删除的动作，更是一种深刻的伪装。明明很脆弱，却要装出一副老子天下第一酷的样子；明明内心是一个柔弱的小公主，却硬要表现一脸桀骜不驯大魔王的感觉。因为有很多顾及和考虑，因为没有一个足够温暖的拥抱，因为我们总是漂着。

希望你遇上那样一个人，一个一直陪你的人，愿意和你一直发朋友圈又不用删除的人；希望你遇上那样一个人，一个能看穿你所有欲言又止的人，能告诉你一切有他的人；希望你遇上那样一个人，一个让你想哭就哭，想笑就笑，再也不用嫌弃和伪装自己的人。

我们总会遇到那个人，一个朋友圈里装满他的人。

我想走走路,并不想回家

人们常说校园时光是最幸福的。可是,我上学的时候,一点儿也不同意这话。

我觉得班主任管得太多,每天絮絮叨叨一大堆鸡毛蒜皮的小事儿,班会常常变成老师们的个人专场,无一不是吹嘘自己当年叱咤风云的光辉岁月,最后上升到人生高度,教育讲台下的我们。

高中毕业以后,我发现没有人再会约束我、要求我了,看起来我解脱了,但实际上,很多问题不再是只写一封"检讨书"就可以解决的了。

学生时代,就像是练习册最后一页常常被我们偷偷扯下来装订好的参考答案一样,稍遇难题,大家就去瞄一眼标准答案。然而,真正的社会生活只是布置大量棘手的难题,却忘记了装订一份"参考答案"。无论你做了什么选择，谁也不会马上通知你结果，可是慢慢地，事情的发展会告诉你，你的答案正确与否，如果你错了，也不会再有机会改正，更不会有老师回头给你讲讲卷子分析分析题目。你吃了一次亏，就必须自己留点儿心了，不然，就只能永远吃亏。

生活比漫画残忍一百倍，它在你身边安排了无数喜欢欺负你的胖虎、无数嘲笑你的小夫和一个你永远追不上的静香，可它忘记赠送给你一只神通广大的机器猫。

还真想百度一下，怎样才能算正确地度过一辈子？可能没人敢理直气壮地回答吧。只要不到躺进棺材的那一刻，谁也没有发言权，甚至就算马上死去，你也是糊里糊涂。你也说不好，自己的一生，过得算不算正确。

哪怕重来一次，你可能会做得比现在好，但人生永远没有最优解。你不能上传爱，也没办法下载时间，你搜索不到所有关于生活的答案——一切只能靠自己。就算是电影里炫酷到爆的擎天柱，它也只不过是一个向生存妥协的机器人。

听起来很悲观，但并不影响我们积极乐观地活着。

哪有真正判卷子的人啊，人生一张纸，你愿意怎么写就怎么写，是对是错也无所谓了。所谓的评判标准，不就是世俗大众的眼光吗？可世人眼里的成功，是不是就算对呢？

大好时光，一生板板正正，规规矩矩，一辈子活在别人眼里，也真是遗憾，算不算对生命的一种辜负呢？我觉得算。

尼采说："对待生命，你不妨大胆一点，因为我们终究要失去它。"

我深以为然，漫长人生，我只想随心所欲地走走路，并不想规规矩矩地回家。

只要你不分青红皂白地站在我这里

前段时间整理电脑，在好多隐蔽到自己压根儿记不起来的文件夹里，发现了我之前存的小说。看到那些被保存得乱七八糟的文档，我突然记起当时熬了好几个晚上看完的一本书。主角叫陈二狗，人说"贱名好养活"，当时我猜主角以后绝对是一路开挂。果然，小说看多了就会发现一切全是套路，主角虽然顶了个屁名，但是人生相当辉煌。

他说自己叫陈二狗，大家也傻笑着叫他陈二狗。然而，只有他哥和自己知道，他真正的名字，叫陈浮生。他爷爷取名时说："看破浮生过半，心情半佛半仙。"一下子就预兆了陈二狗不平凡的人生。作为一本都市小说，陈二狗果然深一脚浅一脚地实现了曾经做梦也想不到的富贵生活，兑现了之前咬着牙承诺的誓言。他得到了很多，失去了更多，在浮生里漂泊地活着。

那时,那本书给小小的我留下了特别深刻的印象,它让我明白,尽管故事是假的,但人生也可以热血地活。我始终记得他说过一句"我帮亲不帮理",总觉得那句话好酷,超酷,我以后也要那么酷。

我爱的人,我就要宠他上天,管它什么道理。只要他好好的,就是道理。现在想想,当时的我很中二[1],但也挺霸道总裁的。直到现在,我也是那么想的。我在意的人,我认定的人,我深爱的人,即便犯了错,我依然甘之如饴,依然深爱。并不是我没有自己的原则,并不是我听不懂什么道德规范,最简单的原因,是我们的生活太短暂。

~~~~~~~~~~~~~~~~~~~~~~~~~~~~~~

有人说过一件细思极恐的事,在一张纸上画 30×30 的表格,一格代表一个月。一张 A4 纸上,九百个日月,就是我们短暂的一生。除去不懂爱的十几年,除去不能爱的十几年,我们真正付出过感情,真正领会过喜与痛、爱与恨的时光,没有多少。那一点点长度,像天光劈开一道河谷深沟,隔开生死,隔开温度与痛楚,隔开微笑与眼泪,隔开荣华与怆惚。

~~~~~~~~~~~~~~~~~~~~~~~~~~~~~~

我们对在意的人蛮不讲理,最深刻的一点不是爱,而是信任。那越来越难得到的一份沉甸甸的信任,也许外壳包裹着浓浓爱意,但最内核的那一份柔软,是我们以为对方不会很快离开。

---

1 比喻青春期少年过于自以为是的言行。

一生中，我们也许会爱很多人，但能让我们愿意坦诚将后背交给他的人，寥寥无几。那是一种毫无道理的信任：我相信你会做出最适合自己的选择，一如我相信你也会如此对我。很多时候，如果晚几年认识身边的挚友，也许我们就不会是现在的样子了。

有人说："不要和我讲道理，你只需要永远不分青红皂白地站在我身边。"如果那句话仅仅是在指：小两口吵架了，男生永远要先认错，要无条件服从女生。那可未免太看轻女孩子了。

情侣们会吵架，吵到翻天覆地、天崩地裂，吵到最后，两个人可能忘记当初因为什么吵了，但各人心目中存留着自己的对错标准，确认是非并不是解决问题的办法。要知道，两个人吵架，最普遍的原因，往往是女孩子滔滔不绝的倾诉，而无数抱怨的根源，只是她希望得到一点安慰。

女孩子会不知道怎么做是对的吗？她们太知道了。她们真正想要的不是办法，而是被重视。

信任，微妙地架在两颗心脏上。一旦自然形成的信任破碎，仅仅一个人孤独强撑甚至强硬要求，疲惫会变成越来越重的担子，压在两个人的肩上。日子久了，我对你撒泼嘶吼，问你为什么不像我信任你一般信任我，你全身而退冷笑着说你自己看看你哪里值得。那就没意思了，我们之间可太难堪了。

我一直记得，我曾问你："如果有一天我变坏了，你会不会走？"你看，我是那样害怕，怕独自一人，却拼命竖起更尖利的刺，试探着刺走每一个试图接近我的人。

如果你没有赤诚地相信我，那我宁愿不要任何虚伪的信任。过了更久，时间好像凝固在了那一刻。终于，你气急败坏地说："还能怎么办，我只好不分青红皂白地站在你那边。"

那一刻，我笑了，你不知道，我笑的不是你那句话，是你眼里的坚定，那就是我期待的信任。

恋爱让我想起小时候，我们爱问："你和谁是一伙的？"我们分帮结派，需要的，就是你的一个认定。我跟着你，和你在一起，和你共进退。一切不只是说说而已，是心疼你，要给你一个肩膀，不愿意再让你一个人。

回不去的小家乡,留不下的北上广

现在,我和很多人的聊天变成了如下模式:

"最近还好吗?"

"嗯,还不错啊,你呢?"(虽然最近发生了很多事,但我觉得没必要和突然出现的你细讲,而且我也知道你只是客套并非真的想听,所以……)

"嗯嗯,我也挺好的。"

其实,很多人不是孤僻,而是选择性地社交,和喜欢的人千言万语,和别人一字不谈。那种感觉,就好像是你独自来北京,一边在五平方米的隔断间里吃着泡面,一边跟不熟的人说:"我过得很好,过年就回家。"

我问过很多人:"在北京过得还好吗?"回复大多是:"还行,

挺好的。"可我明明知道他们过得不好。也许，长大之后的很多事儿，我们更喜欢埋在心里，不需要谁来帮忙，更不需要被人怜悯。

倘若要衡量一个城市的大小，最直观的就是公交站的长短。在北京，不消说两个站点之间的遥遥无期，单是围绕在十字路口的同一个站点，两条不同线路的换乘就可能让你晕头转向。

同类情况，小城市里就不会出现。

在我的家乡，"请刚上车的乘客坐稳扶好"话音落了没多久，你就会听到"请下车的乘客做好准备。"那座小城里，大多数时候，人们只要有一辆自行车来做交通工具就够了，城市就那么大，繁华区域更是集中且密集。生活在城里的我们，不需要在人流中挣扎，也不需要感受在地铁上被挤压得脸对脸呼吸也会感觉到局促和尴尬的场面。

离开北京一年，哥哥和嫂子花了三千块钱在市中心租了一套两居室，小区道路两旁是高大整齐的树木，夏天虽滋生蚊虫却也因遮天蔽日而带来阴凉。深秋，某个寂静的早上，还会看到干净的黄叶铺了一地。大树延伸的树枝甚至过于逼近窗户，以至于大早上就听得到叽叽喳喳的鸟叫。两个人在鸟鸣声中起床，可以从容地吃顿早饭。依靠在大城市工作两三年练就的技能，哥嫂能轻松甚至毫不费力地做好分内工作，晚上八点吃完饭后不需要无止境地加班，两人常常会花一个小时走过小区的林荫去公园散步。

哥哥说市区很小，不同于北京的四通八达；城市也很慢，不同于广深上的忙碌拥挤。现在，他可以每天中午回家吃饭，那是在大城市工作的时候想也不敢想的奢侈。然而，没过多久，他们做出了让我诧异的举动——两人一起回到了北京，回到了那座让他觉得心里发空、拥塞的城。他说，在老家，他们不止一次、不约而同地怀念北京。

在北京，他会约三五好友随便到一个大学操场上踢球。然而，在小城里，仅有的几个院校操场上是坑洼的土地和长草的荒野，而且周围没有一个想和你一起踢球的人，大家想的是喝酒、唱歌、不醉不归。

在北京，同事之间讨论的是经济、时事、体育或者文化。而在小城里，更多的话题是谁谁谁因为各种关系的升迁或者邻里关系和午餐的种类，谈的是哪个商场开始打折，哪个超市买菜便宜。

嫂子更是因为同事之间没有分寸感的关心、散漫和毫不敬业的工作态度，不可抑制地怀念起曾经无比"唾弃"过的北京公司的大小头目。

小城太小了，小到人口过于集中，人们太"安于现状"，随便说出两个区域里混得好的人，大家全认识且熟悉。

小城不像北京，它更有一种暴发户的气质。

在北京，你永远不知道坐在你旁边衣衫普通喝着美式咖啡的兄弟可能是哪家上市公司的老板，永远不知道那个骑着电瓶车的大妈，是不是拥有一套老北京的四合院。北京城里，藏龙卧虎的人太多了，多到让你觉得心慌，多到让你下意识地对人产生尊敬。

北京是个很奇怪的地方。即使拥堵、雾霾笼罩，听起来那么不受人待见，可那么多人去了又来，来了又去。若说他们是专程去找罪受，没毛病；若说他们身上承载着梦想，也无妨。总之，在北京漂着，尽管你的活动范围不过是地上的那几条破败的街道或者密集聒噪的筒子楼，但北京永远存在着一种孤独外的热情。

北上广深的魅力，去过的人知道，大城市适合外地人追梦，拼搏、奋斗、做梦或者梦碎痛哭实在太过正常。城市有着无比大的包容心，又带着高傲的冷漠感，无论你怎么行为怪异，也很少有人愿意停下来看看你究竟在做什么。看起来是让人窒息的冷漠，但也是一种海纳百川的包容，让人痴迷。

追梦人聚集的地方，大家的身后没有退路，唯有向前向前，唯有努力奋斗。城市夜晚的风很大，吹走坦荡与浮夸。

因为工作原因，我常常北上广三地来回跑。每次我走在大望路、南京路上，内心总有一种孤独的积极感。城市灯火辉煌，但似乎没有什么可以容身的地方。那种感受很奇怪，它让你忧伤，也促你上进，它让你看到了生活的无尽可能，也告诉你，但凡你走得慢一点，所有东西就和你没有一丝一毫的瓜葛。

Sandy 说，北上广太紧绷了，在北京的几年，让她忘记了自己是个姑娘，忘记了爱情，忘记了生活，但银行卡上的数字让她由衷的踏实。最终，她还是选择回到了老家成都，她说她和我不同，只想安定下来，慢慢寻找内心想要的东西。成都不比北京，但踏实而平和的生活，三天两头可以去看看父母的幸福，让她觉得无比心安。

我和 Sandy 一样，至今觉得年轻时在大城市折腾绝对不是什么坏事儿，很多东西只有自己经历了，才能明白。只是 Sandy 做出了选择，而我至今仍在纠结着，漂着。

我感谢在大城市几年的青春。那些迷茫的、纠结的、无所适从的、亢奋的、向上的、积极的、正能量的岁月，我想我一辈子也不会忘。

无论工作还是生活，那些收获让我们有足够坚强的盔甲去抵挡所有慌张和不堪，让我们有信心去面对所有生活的劫难或馈赠。大地方，练就了我们一身勇猛、荣辱不惊的胆量，而小城市，圆满了我们落叶归根的向往。

走过的地方越多，我越发觉得我能自信地接受生活所馈赠的所有，越发觉得人生每经历一个人，都是一次成长。勋章是课堂，巴掌也是；经验是成长，教训也是。我们所忽略的时时刻刻，会有背上行囊前往北上广的人，也会有整理包裹回故乡的人。每个选择背后，是一种担当和成长。

"新街口"在《你来过北京》里，声嘶力竭地唱：

毕业那年当你踏上火车的瞬间
模糊的视线里映着妈妈的脸
你心中的梦跨越了不舍的情感
一路上算着时间何时抵达北京站

当你第一次看见北京的蓝天
也发现有那么多人都和你一样
提着行李匆匆忙忙找不到方向
坐上的公交已经忘了是哪辆
你开始盘算着在哪里租房
四处碰壁的面试浇着你的希望
到处对你都是冷冷的目光
在这里没有一个像家的地方

  我走在街上，看着霓虹初亮，看着街上行色匆匆的人们，看着街边男女背着的各种各样昂贵的包，看着周围行驶而过的宾利队伍中混着的比亚迪，忽然想到《他们最幸福》里，路平离开北京的时候，出租车司机对他说的话："哥们儿，别记恨北京。"

Chapter 3
说一声再见,就是死去了一点点

我们的冒失之一,
是误以为人生漫长,
长到失去的东西可以再次被我们寻回,
所以你暂时离开了那个人,
你以为路途遥远,
跌跌撞撞,
终有一天仍会回归。
可是后来才知道,
其实决定背对背的那一刹那,
基本上就是永远离开了。

我离想要的越来越近，可离你越来越远了

身边的朋友都知道，我和张嘉一处了三年多对象，他是我的初恋。或许，我对初恋的定义不太负责，我总觉得，初恋不是第一个和我恋爱的人，而应该是第一个让我进入恋爱状态的人。

初中时候，乱七八糟跟风谈了不少小狗之恋，现在只觉得傻傻的，很天真，十几岁的小孩子，说什么爱不爱呢？

我和张嘉一在一起的时候，两个人许下了很多很多愿。说白了，感情也就是互相的成全。张嘉一答应了我很多事儿，我也答应了他不少。比如，我答应他一定要写一本书，记录我们一起的日子。当时，他骑着电动车，呛着风笑着说了句"好啊"，我搂着张嘉一的腰，又拉了拉后背上的外套，知道他觉得我是异想天开。其实，当时我也觉得自己在吹牛皮，那是个梦想，遥不可及的梦想，但两人就很默契，谁也没有拆穿。后来，我们分分合合，在声嘶力

竭的哭喊里渐行渐远，很多承诺就被风吹走了，或者，被他放在了原点，忘记带了，可是我没忘。

我们在一起的三年里，我怕自己健忘，总想记录我们的点点滴滴，就建立了一个贴吧，记录我们生活的瞬间，写着写着，三年下来，竟然更新到了一万多楼。不知道该惊喜还是该幻灭，一个做事儿三分钟热度的我，能坚持一件事儿三年，我自己也没想到，真的。

后来张嘉一告诉我，他要当兵服役去了。

我说："哦，是征求还是通知？"

他说："我定下来了，你怎么想都行了。"

我又说："哦。"

那天晚上，我哭了一夜。然后，我想我得做烈女，就算他出轨，就算他抛弃我，甚至就算他远走高飞了，我也得等他。年少的感情就是如此搞笑和幼稚，总是喜欢做一些很不靠谱但是感人至深的事儿，起码，它真的感动到了我自己。

每个睡不着的夜里，我会去贴吧更新留言，一开始就像是给他留言，后来就变成和自己谈心，最后，竟然成了我的移动版电子日记，记录的是三年里点点滴滴的心情。那时候我发了一个帖子，叫"未来可期"。

我说："假如两年之后你退伍，看见我还在坚持写贴吧，你会觉得我长情，觉得曾经不易，还是依然觉得，真傻，为人办事可真不干脆？"

那时候，我流过最多的眼泪，是因为你；失眠最多也是因为你；难过最久更是因为你。

后来，我跟跟跄跄地走了很久，不知不觉、误打误撞地走了很远，远到我甚至遇到了一群前呼后拥喜欢我的人。他们理解我，包容我，心疼我。他们曾说，每个他们，都是我。

新书很快就会上市了，我的第一反应不是高兴，我没有实现梦想的喜悦，脑海却闪出了一个念头：我离想要的越来越近了，可是离你越来越远了。我想要一切的本源，都是为了更好地拥抱你、留住你、握紧你。然而，我没了你。

记得一个寒冷的冬夜，我收到了一条短信，内容很短，就一句，他说："被你喜欢的人，要多优秀多厉害。"可事实上，我的初恋是一个很普通、很平凡的人，他爱说脏话，学习不好，没什么思想境界，总是打架，偶尔还打不过人家。一开始，我想，我大概永远不会喜欢毫无优点的他，可往往最不了解自己的，就是自己。

十七岁的时候，爱一个人，我们可以爱得奋不顾身，用尽全身力气，但最后依然无疾而终。

二十岁后，我忽然明白了一个道理：当你学会爱自己，别人才会更爱你。

我知道，我应该为自己的成长而欢呼，可内心涌上的，竟然是更多的苦涩。就像是小时候没钱，一块口香糖总喜欢分两次吃完。那时候，我就天真地想，等我长大了，有钱了，就一口气嚼一包，一定特别甜！可当我真的实现口香糖理想的时候，当我一片片拆着口香糖的时候，我的眼泪夺眶而出……我哽咽着，大口大口地嚼着，可心里感受不到儿时的甜。

我离自己曾经梦想的东西越来越近了，曾经梦想实现的，我都拥有了。可是，我没有你了。

终于，你退伍回来了，可我看着你的脸，我知道自己面前还是那张脸，是那张让我哭成傻子、难过到要去割腕的脸，心里却没有了一丁点儿的涟漪。如果非说有的话，也仅仅是自我怀疑，我不懂当初怎么就那么喜欢你。然后，我一次次地拒绝你，冷淡你，心里却没有了一点担心。我不会再想，回复晚了你会不会生气，自己是不是说得不好，你会不会多疑。

当我深夜失眠，翻开当初亲手写下的点滴，竟然还是心酸不已。我离你远了，回不去了。我也只好安慰自己，一生会有很多遗憾，但好在，也曾真心实意地爱过你，也曾被你用心地温柔对待。

沈佳宜嫁的人不是她最爱的柯景腾；郑微最后也没和陈孝正在一起；周小栀说"我愿意"时，旁边站的人也不是当时的林一。你看，人生多戏谑啊。我们曾经预想的那些事，一半都没能实现，而那些我们没有想过的事儿，却接二连三地发生在你我之间。

我还能说出什么话呢？我会好好过一生，希望你也是。我们就到这里了，回不去了，转不了身了。

人生还有那么多年，我得好好做自己，我有很长的路要走，很多的坎儿要迈，甚至还有很多的泪要流。

你猜我在什么时候放弃了爱

初恋很好,也很坏。它好的是,我永远记得我的初恋是谁,而它坏的是,我往往失去了他。

初恋很坏,也很好。它坏的是,我不知道我是谁的初恋,但它好的是,不管是谁他一定记住了我。

曾经有人问我:"失去的东西又回来了,还要吗?"

我说:"我曾经丢了一粒扣子,等再寻回那粒扣子时,我已经换了衣服。"

我是什么时候真正放弃了你呢?我好奇地问了自己好多遍。曾经那么爱,怎么说放手就放手了呢?当时那么声嘶力竭地忘不了,什么时候就又云淡风轻地忘了呢?

我们不断分手,复合,分手,而爱就被一点点地消耗殆尽了吧。可能是我们无理取闹，一天生四次气，每次大吵大叫地开始，再失声痛哭地拥抱，反复几次，忽然觉得很累，慢慢地，就不再那么爱了吧。

你我心知肚明，每次最绝望的，不是我们争执时撂下的狠话、辩解时重复的说辞、冷战对峙时淡漠的眼神，而是和解相拥的那一刻，我听着那些安慰的语言和信誓旦旦的保证，知道那一幕已经上演过很多次了。它不是第一次，也不会是最后一次，我知道，我们的纠缠、吵闹将无休止地出现在你我本就不长的人生里。

是啊，罗马不是一天建成的，爱情也不是说放弃就能放弃的。真正说再见的那一刻，感情肯定已是千疮百孔了，只是我们掩饰得比较好而已。

小时候，我喜欢吃一种糖，半透明的、酸酸的，还有红绿黄三种颜色。可惜爸妈管得严，怕我牙齿坏，不怎么让我吃糖。那时候，幼儿园里有一个小男孩，偷偷给了我一颗糖。一颗明明是酸的，还没塞进嘴里，只要看着就会酸出口水的糖，可那天我吃的时候，竟然觉得那个皮卡丘造型的糖果简直太甜了！

我左想右想地决定分给他点儿什么，毕竟我是个仗义的女孩。可问题是我没有糖啊，我没有那些花花绿绿的糖果啊。不过，我妈给我买的新拼图也不赖！嗯，就这么办！

我拿着拼图，心情忐忑地去找他，却发现他身边有很多人，他手里也不只是那一颗三色糖，还有水浒卡、铁甲小宝玩具、巧克力和葡萄干，他的衣服也比别的小朋友干净多了。

现在回想，他很小就懂得穿衬衫了。哼，简直是个会撩妹的"小流氓"嘛！

我扭头走了，眼泪鼻涕一大把全抹在袖口上。

我也不知道那时候到底在难过什么，也许是你曾给我一颗糖，我想用我所拥有的全部去报答，而我出现在你面前的时候才知道，原来你不止给了我一个人，才知道你什么都不缺，你不过是看我像个小可怜。

幼儿园的我，可能什么也不懂，就仅仅是不高兴而已，但在后来的每一段感情中，我都会神奇般地想起那一颗糖、那个哭唧唧地离开的我。那个时刻，似乎象征了一点点离别，意味着我最后的底线。

也许，那些我认为可以小心翼翼接近你的机会，尽是你的困扰。也许，我踩着自尊仍够不到你的唇。

我对 Siri 说一句，它回一句。可是，我向你说了一大堆，你才吝啬地回一个"嗯"字。很多时候，我给你的喜爱只是你给别人的炫耀，我的尊严对你来说似乎无关痛痒。

怎么说呢？不知道是遗憾还是悲哀，从我意识到一切的时候，对你的喜欢就像坐滑梯似的，一下子就滑下去了，结束了。

我坐在最底层想了想，还是觉得难以回头，至少懒得原路返回，也懒得绕一圈重新开始，便起身拍了拍一屁股的灰尘，又晃晃悠悠笑着向人潮走去了。

岁月不算冗长，再次见到你的时候，我还是会笑着，但是，我再也不爱了，再也不奢求你会对我有什么依赖和挂念了。

嗯，不爱就不爱吧，不喜欢就不喜欢吧，陌生人就陌生人吧。

我在你心中到底占据着怎样的位置，你会怎么回忆我，都无所谓了，我已经什么都不想要了。

我是真的撑了好久了，我真的，再也撑不住了。

你不会知道，就是那一刻，我失去了所有稻草，我放弃了爱。

我们为什么总是爱得不长久

钱钟书和杨绛,是我相信的少数爱情之一,也是我羡慕的爱情之一。

也许我是生人,觉得死亡有些残忍,但杨先生思念的人已经早早逝去,死亡不过是平静的回归与相逢。林觉民在《与妻书》中说:"吾平日不信有鬼,今则又望其真有。"

杨绛先生也说过:"留我一人在人间还债,债还完了也就该走了,孤独长存是对生命的尊重,我们仨终于团聚。"想来,先生走时一定也带着一份坦然和祥和,一步步、缓缓地走向故人,成全了一桩思念,了却了一个心愿。

人类用了不止十年开辟了更多认识新朋友、展开新交际的社交方式。大家可以一起搭车,一起合租,凑人团购,甚至简单到只要打开定位功能就能搜索到附近的人,你们之间的物理距离不过

10km。

然而，现实社会里，能爱到钱钟书杨绛那般赤诚的人，可太少了。是不是很嘲讽？

昨天聚会意兴阑珊时，我以为我们不会再有交集了，可你突然叫了我的名字，说："我们喝一杯。"现在回想，我很想笑自己当时的惊慌失措。五年了，我发现自己还是好喜欢好喜欢你，可我也知道，你不会是我的。

你过得很好，我很喜欢你，也只能到此为止了。

我知道，从对你怦然心动的那一刻开始，我就已经失恋了。

你有没有想过一个问题，尽管男女存在思维差异，但终究，大家都想找一个可以共度一生的人。我们怀抱着同样的目的出发，为了同一个目标努力。按道理，我们是一条路上的人，可为什么在熙熙攘攘的道路上，我们却始终是一个人。是不是很奇怪？

我们为什么总是爱得不长久？为什么次次付出了真心，但最终总是无疾而终？我认真想了想，可能是我们不知不觉就犯了亲密关系的大忌，我们起了贪念。它像是一个无底洞，从心底慢慢扩张。

一开始，我们因为彼此欣赏而在一起，可逐渐就会生出越来越多的要求。无论你承不承认，我们每个人都在贪念里挣扎。我们越拥有，越想要。

喜欢上一个老实、憨厚、暖心的人，可慢慢地，你开始嫌弃他的死板和呆滞，嫌弃他不懂浪漫，不会制造惊喜；喜欢上一个生性不羁爱自由的人，慢慢地，你又开始渴望安稳，你不愿再和他四处飘摇，你要求他稳重踏实。爱上一个对你百依百顺的人，日子久了，你嫌弃她毫无主见，缺少个性，没有自己的坚持；而找一个有主见有能力的人，你又要挑她大女子主义，说她强势，说你觉得被压抑到喘不上气。就算是一个和你三观相符，行动思维和你完全一致的人，你还会觉得她长得不够漂亮、身材不够苗条、头发不够柔顺、穿衣打扮不够时尚。或许，你还会觉得他不够体贴、不够温柔、不够有钱，不能让你像别人一样高枕无忧地在家养养花打打麻将，你开始怪他没能耐、没出息，不能给你好生活。

可是，我们没想过，如果我们饥饿难耐，走进电器城，只能用身上仅有的钱，买一台电饭煲或者面包机，那是我们最本质的生活所需。可是，吃饱饭了，胃不空了，又惦记着玩游戏，看电影。对了，卫生间堆着的脏衣服还没洗呢，手洗多累啊。然后，开始抱怨着电饭煲为什么没有看电影功能，为什么不能充当洗衣机，越想越气，觉得自己需要的不再是一台只会做点饭，别的什么也完不成的电饭煲了，决心要换个电器。如果我们永远如此，无论换了多少电器，也始终不会如意。

谁也没有万能机，缺憾无法避免，而且，你口袋里是否有足够的钱呢？

弗洛伊德认为，一个人的人格由本我、自我和超我构成。本我是人格结构中最原始的部分，它代表人类的基本需求，如饥、渴、性。自我是支配自我的现实原则，如果本我的需求无法立即获得满足，人就必须迁就现实的限制，并学习如何在现实中获得需求的满足。而超我为自我理想，是要求自身行为符合自己理想的标准，是一种希冀。

爱之于我们，也是如此。

少年时，我们需要确定本我，只要能满足自己最基础的需求就够了。如果我没有安全感，只要一个人能给我安全感，就觉得自己求仁得仁了。青年时，我们追寻自我，开始对自身产生要求，对另一半产生要求，需要不断地提升自己，之前的配置似乎已经不够用了，我们又换了新的爱人。成熟后，我们开始追求超我，能列出一张单子，条条款款尽是要求，明明自己是 1.0 的版本，却总想着"超我"，执着于一个 2.2 的配置。且不说有没有 2.2 的配置，即使有，留在自己身边的可能性有多少呢？再单纯一点，一个系统真的会一直持续平稳地运行吗？别闹了，不现实。

我们总是处在一次次地重装系统、更换硬盘的忙碌中，陷入一次次死机的循环中。我们的爱总是那么不持久，多年的感情就像一叠厚厚的纸片，风一吹过，纷纷飘散。

我再也没有精力从零开始去了解一个人

我再也没有精力从零开始去了解一个人了,你知道,值得回忆的哀乐人事,常常是湿的,我几乎没有勇气再伸手拎起湿漉漉沉甸甸的它们了。很多回忆,是和你绑定在一起的,你的存在让它们展现出不同,没了你,我可能早就忘记了那些经历。

我认识你,了解你,爱上你,习惯你,已经花光了所有的精力和体力,所以,你别走了,好不好?

长大后,我知道人与人之间的相逢相守要靠缘分。陪伴不易,它会导致习惯。缘分也不易,既能轻飘飘,又能沉甸甸,它像是一种恩赐。

我在微博上写:"相逢靠缘分,相守靠修行。"一个读者留言告诉我,她和前男友恋爱八年了,可前几天分手了。无论怎么挽回,无论自己多么卑微,他坚决不肯留下来。

八年,八个三百六十五天,那是多么厚重的感情啊,一定沉甸甸吧。两个人要多熟悉啊,八年,我不敢想。她一定很疼。

我问她原因,她说好像没什么原因,男生觉得淡了,没意思了,没激情了,没有在一起的必要了,就祝她找个好人,别耽误自己。

我劝姑娘,既然留不下,不如就挥挥手让他走,爱的时候给他自由,不爱了就给爱自由,别让自己太卑微了。

可姑娘回复:"我已经二十九岁了,我再也没有精力去从头开始去了解一个人,再也给不了谁八年的时光,再也不能从零开始毫不设防地去接纳一个人。"

"爱一个人八年,"她说,"一辈子,可能也只有一次。"

我忽然不知道该怎么回复她。

夏日的沈阳,夜风从露台飘进来,湿热中夹着一丝凉意。凌晨一点半,忽然下起了雨,空气中弥漫的味道,像极了南方。

八年的时间,两个人从懵懂青涩一起成长到西装革履,裙摆飘飘。

八年,两个人一定对彼此的习惯、爱好了如指掌。陪伴八年,一定认识了彼此的家人,以为那就是未来的生活,双方一定已经熟悉到像亲人一样不可失去了。

那可是八年啊,从二十一岁到二十九岁的八年,一个女人最宝贵的八年时光。

人常说："站着说话不腰疼。"可是，我尝试站在姑娘的角度去想，疼的不只是腰，心也跟着一抖一抖的。

八年中，他们一定经历了很多磕磕绊绊，有过很多次的聚聚散散。吵架是常有的事儿，和好后的眼泪也是流了好几公升。磨合的过程一定很辛苦和艰难吧，两个满是棱角的人，两个并不是那么适合的人，后来变得密不可分，好得就像是同一个人。他们一定恋恋不舍地捧着电话聊到深夜，一定幻想规划过无数次的前景未来，也一定向彼此讲过自己小时候的故事，讲过自己的家庭，讲过生活的打算。就像是一张白纸，两个人用八年的时间，画满了各式各样的图案，用尽了各种各样的色彩。从没有一点共同经历的空白，到每一段的安排里有了对方的存在。再回头看，明明一切来之不易，明明我们已经合二为一，融为一体，现实却告诉我们，回归八年前的状态，强制性的，必须的。

我能想象到姑娘回复我时的泪痕，能想到她内心究竟有多落寞。

为什么在一段感情已经变得脆弱不堪、无比艰难的时候，女生仍然愿意痛苦坚持？我想，疑惑的人，一定是一个男孩子。男孩们不懂，女孩真的很难再重头去认识一个人，了解一个人，喜欢一个人，再把自己磨成适合的形状，去依赖那个人。整个过程太漫长了，每一步都用了十分的真心。你要人怎么从头再来，像没受过任何伤害，像没有任何过去地勇敢开始呢？

女生是慢热的。你们有没有看过《动物世界》？无论做什么，雌性好像要比雄性慢半拍：行动是，反应是，思维也是。

很多时候，不是固执在作祟，而是真的太累了，人没有多少个八年可以再重新去了解一个人了。一生那么短暂，能有几个五六年？又能有几个八九年？二十一岁到二十九岁的八年，是女孩一生中最好的八年。

人生那么短暂，却需要我们投入那么久去和另一个人磨合多年，不欢而散后，要我们怎么像赶场一样，匆匆奔赴下一个战场？何况，面对血雨腥风，可能又是空手而归、毫无结果的八年。

姑娘说："他并没有多好，只是我习惯他了。不是没想过离开，只是时间太久了，自己也累了，再也不能给谁那么多的爱了。"

其实，我们很多人，就是因为同样的原因偷偷在夜里哭，对吧？

有人问我："怎么可以喜欢一个人三四年？大家时间那么赶，新鲜事物那么多，怎么能够沉下心来喜欢一个人，坚持喜欢三四年那么久？"

我想，大概只有真的死心绝望的时候才会放手吧，三四年，为了一个人拒绝了那么多，付出了那么多，难抽舍。所以，大概不怎么喜欢他的时候，也会忽然想到，如果失去了，就要重新去认识一个人，了解一个人，过程太累了，结果仍旧是未知的，风险太大了。

我们真的没有那么多的八年。即使知道不适合，知道该放手了，即使已经疼到不行，却还是死死守着，紧紧抓着不愿意放手吧。我的故事那么长，除了你以外，我再也不想从头讲一遍给别人听。一个人的经历那么多，除了你以外，我想，我再也没有那么大的内存去记忆一遍了。我常常希望你也没有精力去给别人讲你的故事了，就用你也仅剩不多的热情，来爱我吧。

尽管越来越难有一吃就很喜欢的食物，也越来越难有一见如故的朋友，不知道是好是坏，但我却依然对你充满期待。让你感动的，一定先感动过我；让你难过的，大概我也已经先哭过。我没有那么多力气了，你能再抱抱我吗？

晚安吧，下次再见面，记得说"你也很想我"。

每说一声再见,就是死去了一点点

我和初恋恋爱两周年纪念日的时候,朋友们合唱了一首张宇的《给你们》送给我们作为礼物。说真的,我泪点特别高,初恋跪地求婚送戒指的时候,我硬挤也没挤出来几滴。那天,不知怎么的,就哭得不能自已。

如今炙热酷暑的晚上一如四五年前的那个夏天,而回忆起那个夏天,记忆力一向超级差的我却出乎意料地,能清晰地回想起当时在场的每一个人那带着祝福的脸。

当时我暗暗地想:"以后我结婚的时候,无论有钱没钱,婚礼办得起大场面还是小场面,哪怕没有婚礼也好,但我一定要放一首《给你们》。"

我对他说的时候,好像带着哭腔,我说:"咱们可一定得好好在一起啊。"

他揉揉我的头发，眼眶也有点泛红了，轻声说："嗯，相信我，一定的。"

只有他明白我特殊的泪点，所以，也理所应当地，我为他流了最多的眼泪。

其实，刚在一起，我们就已经猜到了结局，或者说，我们早就知道了结局。可还是不服输，总想试试我们到底能走多远。可是，走了好久好久，彼此耽误了对方好几年，才看明白，我们以为的一路前进，不过是不断在原地绕圈。我们一直在那个圈里乐此不疲地走来走去，像是不知疲倦，像是英勇赴义，仿佛我们都不知道自己热衷的路没有终点。

我们的冒失之一，是误以为人生漫长，长到失去的东西可以再次被我们寻回，所以你暂时离开了那个人，你以为路途遥远，跌跌撞撞，终有一天仍会回归。可是后来才知道，其实决定背对背的那一刹那，基本上就是永远离开了。

那些我们以为会重新发生的故事，会重新见到的人，最终会随着如风的记忆越来越模糊，

每说一声再见，就是死去了一点点。

前不久，我参加一个朋友的婚礼，也没有什么交情，谈不上多么熟悉，说白了，就是去随一个份子钱。那天，我是配角中的大众脸，但全程下来，我哭得比新娘还惨。

为什么？五十二台婚车里，整整齐齐地放着那首《给你们》，领头的是一辆白色的大哈雷。

新郎骑着摩托，新娘的头纱飞扬在风里，画面美得让人眩晕。车队走到当年他们初相识的学校时，所有车的副驾驶齐刷刷地探出了头，每个人手里拿着一台大喇叭，所有人整齐地喊着："七年五班的×××，八年十三班的×××今天来娶你啦！"他们重复了三遍，雄厚的男低音飘散在田径场的绿茵地里，弥漫在他们一起走过的校园里。

"他将是你的新郎 / 从今以后他就是你一生的伴 /……/ 她是别人用心托付在你手上 / 你要用你一生加倍照顾对待 / 苦或喜都要同享。"

坐在数不清是第三十二还是第三十三辆车里的我，一遍又一遍地哭花了妆。大家以为我是满满少女心，被热烈的气氛感动了，一个个都开始安慰我："以后你也会有一个人的，会有的。"

大家夸伴郎团足够尽心尽力，新郎的安排足够用心，气氛真的很有煽动性，一个陪看的姑娘也会被感动得稀里哗啦。大家讨论着，我的眼泪安静地往下掉着，只有我自己明白，我流泪的原因。

后来，我才知道创意并非新郎自己所想，男人，毕竟做不到那么细致，整个婚礼是参考了很多年前的一个婚礼视频，又添加了一些自己的小心思，改编而来的。可是谁又会在意那么多呢？

只要爱，只要在一起，就已经是深深的缘分了。世界上有太多无疾而终的感情，擦肩而过的人不胜枚举。天南海北，光是一个中国就有人口十四亿,能走到一起,是多少年修来的福分。

　　要说情感的完美表达方式,我想就是歌曲吧,那天新郎官哭了,新娘也哭了。哪怕是连配角也不算的我,也记不清自己到底哭了多少次,只记得到最后,没敢吃饭,不想在场内过多停留,怕哭花了的妆吓到别人,怕自己控制不住情绪,更怕的是,忽然松懈的回忆闸门再次敞开。

　　后来,听朋友说,两个互不相识的人,一个是从吉林请假回来的士官,一个是从广州飞来的空姐,两个不属于本地的人,却通过那场婚礼相识、相遇,然后在一起了。

　　她们说那得是多深厚的缘分啊,我想,可能不仅是缘分,更是一种宿命。

　　不管是多么陌生的两个人,一起听了一首歌,或者在演唱会相遇,你俩相视一笑或者相拥一哭,好像就能看透彼此,你就知道了,无数个孤单夜里,你们不是孑然一身。

　　为了逃避寂寞,我们做了很多。年纪越小,越渴望婚姻,会设想很多很多未来,甚至每一处细节。年龄越大,就越会明白,我们曾经期望、憧憬的那些明天,往往实现不了三分之一,我们走不了那么远。几乎所有事,都是黄粱一梦。

　　当时的那些向往,不过是为了让你看到,在经历一切之后,留在你身边的人是我;在某个时候,需要你陪伴的,是我。

　　失望归失望,日子还是得往下过。我还是很喜欢《给你们》,可我想,以后的婚礼上,我不会放了,可能就是因为明白红毯上牵我手往前走的人必定不会是你。可能你觉得我是放不下你，还念着你。其实，说真的，我只记得一个模糊的轮廓，连你的模样也不那么清晰，更是想不起什么细节。真正让我想念、难过、无法抽身的是那个时候心思澄澈如水的自己。

如果说总要给过去留点东西，嗯，那比如一首《给你们》，比如那些人，比如那个你。

年轻时，我们放弃，以为那不过是一段感情，可是后来才知道，那其实是一生。但无论怎样，那是宿命，无所谓了。一起走过就算是幸运，共同度过一段美好的日子，留下了那段删不去带不走的记忆就够了。

你是个好人，也是个坏人，既然爱不能恒温，祝福就留给下一个人。

给你们。

关于一个男人的情深义重

听过尧十三的一首歌,歌名超长,我曾经蹲在马桶上屏息凝神盯着屏幕上滚动的歌名看了好久。看到第三遍的时候,终于看明白了,那首歌叫《如果下雨的时候你拖着箱子站在屋檐下面那么其实我没有足够的时间找一个好一点的理由抛弃家里的狗坐上K667次列车到你在的地方找个商店买一把伞然后给我妹妹弹吉他因为她要参加比赛所以我回不去了我也不会给你说我泡面的碗还没洗》。

当时我心乱如麻,没听明白尧十三到底哼哼唧唧地唱了点什么。似乎是自言自语,后面那段呓语也没有歌词,纯粹是自己在嘚吧嘚地低声念叨,旁人听不明白,但他好像也并不想让谁明白,只是唱给自己的。不管怎么样,歌名的确足够长,我记住了它。

我似乎对数字有一种天生的敏感,很多看起来没什么关系的数值，我能记好久好久，甚至常常忘了自己什么时候看见、听见过，但再碰见的时候，就会条件反射似的，一下子全都想起来。

一个失眠的晚上，忽然就想起了尧十三的别扭歌名里的那串数字，K667，可能是因为无聊吧，我居然上网专门搜了一下 K667。福州——沈阳北，07：52—22：21。

身边的一个曾经玩艺术现在做金融的男孩子做过一件很感人的事儿，他带着一书包自己和前女友之间的纪念品，坐了十八个小时硬座，去女孩的城市，参加她和别人的婚礼。当时，我们听完男孩的决定就气不打一处来，觉得他有毛病，图啥？他说很想给以后留点念想，也是自己能为她做的最后一件比较疯狂的事了。我们说随你。结果他还真去了。

不过，也没出现电影里的情节，他没去婚礼现场喝个烂醉，冲上舞台抢过司仪手中的麦克风大声问女孩要不要跟他走。他没抢亲，没闹事，甚至没喝醉酒，只是用手机给新娘子拍了两张照片，在当地一家洗快像的印刷店打印出来了，把相片夹在两人恋爱时传情的日记本里，再一件不少地背回了所有东西。我说你可真不嫌沉，折腾一趟除了要点画面感，究竟为了点什么。他说你不懂，做人要有始有终，爱人也要有始有终。

我没和他犟。

其实，我一直理解不了男孩的做法，我承认是很深情，但始终觉得毫无意义，除了感动自己外，于事无补。一个学金融出身的理科生，辩证能力应该很强啊，居然能干出如此疯狂无逻辑的事，匪夷所思。

直到我认真听了尧十三的超长歌名的别扭歌，我好像有点懂了。那是一个男人的情深义重：你知不知道，在不在意，不要紧，更要紧的，是我做了，我得告诉你，我爱过。

我钻在被窝里，越听心里就越堵，听着他喃喃地低声细语，忽然感觉自己好想哭。

我好像也曾神经兮兮地倾注过一腔热情，也不求他知道，不求他感激，就单纯地想着，要给自己一个交代，尽情一把，也就值了。然后，又想到，会不会在我不知情的时候，也有人曾为我做过同样的事，可能也很动人，但我浑然不知。自得其乐的同时，错过了一些热情，耽误了一些年轻的岁月，可没办法啊，生性孤独，偏爱辜负。

网易云音乐里有一条评论。"如果风和日丽的冬季你丢下钱包去了机场其实我没有时间找一个好一点的理由抛弃家里的女人坐上地铁到你上车的地方捡起一把硬币然后给我的乌龟铺上冬眠的苔藓以为它该睡了所以我该洒点水了我也不会和你说我这么傻 x 过的想你了。"

大家是一样的，天南海北地过日子，却怀着相似的情感、共同的渴望。

我想和你说好多好多话，想和你讲我生活中发生的所有细枝末节的小事，想告诉你那些你不在的日子里我想念你的时光，想背上我们所有的记忆奔向你在的城市。我想和你在一起，不在一起的话，和你毫无主题地说说话也好啊，所以我就去了，一身孤勇地去了。可到了你的城市，来到你的身边，看着你的眼睛，才忽然意识到，我没有身份了，我没足够的理由来完成一切了。想着想着，话到嘴边，又咽了下去。

我是很喜欢你，可我不能一辈子死缠烂打啊，你的城市也没有一扇门是为了我而打开的啊。我做了所有没有理由做的事，可没告诉你就走了。我背着所有回忆，千里迢迢地来到你的城市，可你要结婚了，你该幸福了，我不能再让你跟着我四处飘摇地奔波了。我拍下你的样子，以后，就要把你交给他了。我很爱你，可我没说，说不说也无所谓了。

我有好多好多话想一口气对你讲完，我希望一辈子和你绑定在一起，可话到了嘴边，也只是嬉皮笑脸地说了一句："喂，我要去洗碗了。"

你好好过，我做所有我能想到的事。

你好好过，我爱过你，以后，不能再爱你了。

一个人能有多不正经，就能有多深情

《东邪西毒》里说："以前我认为那句话很重要，因为我相信有些事说出来就是一生一世。现在想想，说不说也没有什么区别。有些事情是会变的，我一直以为自己赢了，直到有一天，我看着镜子，才知道我输了。在我最美好的时间里，我最喜欢的人不在我身边，如果能重新开始该有多好。"

很多年后，回想起那些没在离别的岔路口亲口说出的话，忽然觉得一切已经没有必要了。也许，不言语不声张才是最好的告别。无论一生欢喜忧愁，祝君顺水安度。

道理是"自古表白多白表，从来姻缘没原因"。

然而，什么叫听过了很多道理却依旧过不好一生？可能就是眼前放着一大块奶油蛋糕，你明知道不能吃，吃一顿夜宵，之前一个月的健身锻炼就白费了,可是你没能抗住身体诚实的向往,最终你还是吃了。就像是眼前遇见一个你明知道爱了他必然什么也留不下的人,你知道,他只是一场梦,做完就散的梦,可你还是忍不住,义无反顾地往前冲了。

中国人有一个很大的迷信,就是一个人越缺什么,就越要在名字里补什么。金木水火土,缺啥补啥。比如,五行缺水的人叫小淼,五行缺金的人叫鑫鑫。五行缺土的人,名字里可能就带着一个"垚"字。好像用名字中和中和,就能把那些天生缺少的东西通过后天的努力填充圆满。

我想了想,回头问了一下焦流:"哎,你妈是不是在你小的时候就知道你这孩子说不明白话,所以故意给你起了一个焦流的名儿啊?她想让你以后多和人说说话,多交流交流,别活得那么孤僻。多沟通才有未来啊。"

焦流依旧很傻地"哈哈哈"了三声,我叹口气,真无奈啊,我们的聊天几年如一日,总是莫名其妙地结束。

事实证明,焦流的名字并没有起到任何作用,起码,我俩依然无法顺利沟通。怎么说呢,简单地总结一句就是,我和他说不明白话,三句两句就"哈哈",要不然就是不到两句就开始掐架。

可能我是火命,而他偏水,我俩冲。嗯,不然呢?我们住在同一个小区,中间就隔着三栋楼,整个小区一共就三个小超市,然而,我们常常是半年见不到一回。可能就是命吧,命里没有的也不能强求了。

　　人们说没有无缘无故的爱,也没有无缘无故的恨。说起来,我和姓氏特别的焦流选手也算是有那么一段陈芝麻烂谷子的过往,简单的交集后也摩擦出了短暂的火花。然而,可能真的是我俩犯冲,两个人的性格属于易燃易爆炸型,因此,我们绝对不会满足于单纯的火花,最终还是彻底引爆了和谐的邻里关系,也结束了多年的革命友谊。我们变成看见了彼此,却连个招呼也不打的陌生人。
　　你说,尴尬不尴尬?

　　我们认识的时长算起来也有六七年了。当时我还是个齐耳短发的高中生,焦流和我一个学校。那么小,他就开始不学好了,每天装大哥,在学校里招摇过市。因此,我认识了他。与此同时,他也可能因为我那"清纯稚嫩"的气质而记住了我。(焦流式哈哈哈哈哈……)
　　那时候,我们就是不说话,嗯,见了面也不说话,点点头就算给彼此打招呼回礼了。那时和现在的情况,基本上没有太大出入。当初,我俩走得近纯属是我当时不会开车,还总贼心不死地惦记着到沈阳去。我搜索了整个通讯录的人,发现了几个相对靠谱、我觉得应该不会拒绝我的好人选。然而,那帮人当时各自忙着,谁也没空帮我开车。我无聊到刷朋友圈,焦流发了新动态,我就试探性地、很谨慎地开口问了问他。没承想,他一口答应了下来,一点也没矫情。一瞬间,我对他的印象上涨了三个红心!

说来也巧，当天我去看朋友的时候，他也在网吧上网。我寻思怎么也得笼络一下帮我干活的人啊，就主动和他展开了相识几年后的第一段对话，那时候才知道，原来我俩是一个小区的。也是那段对话，让我发觉说话不太利索的焦同志的心地还是很好的，善良，仗义。嗯，好评！

后来，因为种种原因，我还是没能如愿以偿地开车去沈阳，我也没想到我能留在本地那么久。漫长的留守时间里，和我厮混最多的，当属"小邻居"。小邻居就是焦流，尽管他一直很抗拒我起的外号，但无奈我是老大，他最多算是我的专职司机，几次反抗无效后也就放弃了挣扎。

我一直觉得自己和小邻居处于朋友以上但恋人未满的状态，好几次他想不动声色地升级，但无一例外，被我敏锐地发觉，然后迅速划清界限。

我在担心什么？一旦恋爱，很多感情就回不去了，越是珍惜的关系，我越不想轻易地放开。

我们心里清楚，二十几岁，谁也不会是谁的一生，但还总是贼心不死，想试试看，这造成了问题的矛盾点。焦流性格木讷，但心思敏感，他从来不会明目张胆地告白，所有的情绪涵盖在细节里。

不知道让你最心动的一句告白语是什么？一千个人说出的话，可能一大半是重合的，比如"我爱你""我喜欢你""你放心""我养你啊"。然而，焦流非不。

他一直是个开车超快的人，可每次开车载我，就开得磨磨叽叽，比我自己开车还慢，明明能过的灯还故意不过！一边一本正经地教我："红绿灯下要提前轻踩刹车啊……"然后，他就真的一直轻踩刹车了！还有半条路才到路口呢，好吗！你欺负我是新手，说我手艺不行我也就认了，但你不能欺负我智商啊，没吃过猪肉我还没见过猪跑吗？

我问："明明还有十多秒的灯，一脚油的事儿，你百分之百能过却故意拖着不过，为啥？你平时不是一路闯黄灯的人吗？"

焦流下意识地摸了摸自己的圆寸，特不自然地说："不得注意安全吗！"

"那你之前速度一百二十迈的时候，怎么不注意安全？现在来了人模狗样的劲儿？！"

出乎我的意料，焦流没回话呛我。他就慢慢、慢慢、慢慢地开着，见灯必停，明明能过的，就是不过。后面的车一辆辆从旁侧车道超越我们，我隔着两层车窗，似乎能听见他们咬牙切齿地骂我们。

……

我爆炸了："你脑血栓了啊？慢死了，不至于吧，兄弟！下来下来，我开！你实在是太磨叽了。"

焦流坚决不肯，忽然一脚油，速度直上一百迈，我猛地往后一仰，惊魂未定地说："这才是你嘛！"后来，开着开着，他又慢了下来。慢到什么份儿呢？或许，我下车跑也比他来得快。

我降下车窗，感受着夏天的晚风。忽然一个激灵，转身问他："是不是因为我在车上，你才故意开得慢！是不是？你是想和我多待一会儿对不对?"焦流尴尬地笑了,扭捏地打着圆场,又开始了他经典的"哈哈哈",好一会儿,终于说了句:"哈哈,你觉得是就是吧。"

那一刻,我由衷地感到温暖,那是一种被偷偷呵护的温暖。我见过很多在爱里失衡又想追赶的人,他们努力的每一步,显得咄咄逼人,而不善言辞、不懂交流的焦流,无意间说了那一年我听过的最好听、最温暖的情话。

大家总觉得我们应该就此在一块儿了吧?然而,不,我们并没有。

我们像是两只困倦的刺猬,由于寒冷相拥在一起,可因为各自身上长着刺,就又离开了一段距离,但又冷得受不了,于是又凑到了一起。几经折腾,两只刺猬终于发现一个合适的距离,既能互相获得对方的温暖又不至于被彼此扎到,那是我们交往中各自留下的"心理安全距离"。

焦流受不了我身边的男孩子,一如我讨厌他没完没了的前女友和数不清的女性朋友。我们介意的是同一件事,说到底,我们是同一类人,但就是因为太像了,所以不能在一起。之后,我们失去了联系,焦流留言说:"之前我想追你,觉得一定要追到手,但现在,我忽然不想追了,咱们不适合。"

我看着手机屏幕,半天没能回复一个字。人说想要的太多就一件也得不到,喜欢的太多就一件也买不了。可能是吧,归根到底,我们都是爱自己更多的人。

然后,各走各路,我们的关系也在朋友圈里成了一段迷之笑谈,谁也不知道我们是怎么回事,就算是我们自己,也说不清究竟是为什么关系好,又为什么而互不往来了。我们就那样默契地过上了你不找我,我也不联系你的日子。

仔细想想,可能我和很多人是擦身而过的吧,看着朋友们恋爱,分手,又恋爱,又分手,再恋爱,再分手。我还是想一个人待着。小时候,总觉得什么节都得过,不凑个热闹心里总是少了点什么。现在,七夕具体是哪一天我真的一点也不知道,既不是矫情也并非什么做作,就是单纯地觉得,它确实和我没关系,也没什么祝愿,许了太多不切实际的愿望,最后一个也没能成。

所以,实际一点吧,希望你们爱得长一点,彼此包容过得好一点,让我看见你们身边的那个人久一点,可别大家刚认识,你又换人了。年轻是年轻,但是好年华折腾折腾就没了。

当所有人以为我过得风生水起的时候,我只是一个人走了一段又一段艰难的路。人生中曾有无数个要求助于人的时刻,最后也忍过去了。很多话,说了也于事无补,转了一圈又一圈,还是形单影只。

你是不是也是一样?你独自跨过了越来越多的障碍,你越来越不爱对人抱怨,也越来越不需要依赖他人。

人生中那些曾以为无法忘却的人、无法释怀的事,最后也都慢慢终结了。你活得越来越像自己,你不再对过往耿耿于怀,不再拧巴,前情旧爱就像是一场雨,天晴了,地面也就干了。

千万别错过,我还喜欢你的时候

世界永远不会等我们做好了准备,才一股脑儿将所有问题丢过来。我们永远在突如其来的变故里,慌乱不已,手足无措。

那个时候,我们一路披荆斩棘,摸爬滚打着成长,总是摔得鼻青脸肿,还是想要往前走走。我们期待看看山的那边到底有什么,我们有着一条路走到黑的偏执。

现在的我们,手里最多的,好像就是时间。我们可以耗费一整天去发呆想一个人,花上好几年去等一个人。我们整日趴在书桌上做着美梦,和三两知己在斑驳的光影里谈天论地。我们不懂人生苦短,肆意浪费着并不长的青春。

我们总能从那一个个狼狈的身影里看到一颗发光发亮的心,却看不到那光鲜亮丽的外表下是怎样一双疲惫的眼睛。偶尔回想,会觉得很可怕,我们默不作声,将一切放在心里,错失好多机会、感情,而那些错过的,是再也回不去的。

欢脱的学生时代,发小悄悄地喜欢了隔壁班小白五年。我问他怎么那么冷,发小笑了:"我偶然知道,她那时候也喜欢我。"觥筹交错的酒吧里,我看见他眼里闪着光。顿了一下,他又说道:"前一刻是欣喜,后一秒是再也回不去。我应该告诉她,我还在努力变好。所以,你能不能等等我,先不要喜欢别人?"

我一时语塞,只能拍拍他的肩膀。

我们小心谨慎地爱着一个人,总想着等自己变得再优秀一些,才足够与之相配。我们想着工作稳定了再和她发展。我们总希望将自己最好、最优秀的一面给对方。

我们害怕失去,说不出口,怕毁掉两人之间仅有的友情,殊不知,正是因为惧怕的东西多了,胆子才越来越小,我们越走越远。

电影《霍乱时期的爱情》里,男主角年轻时和女主角相爱,后来女主角结婚,六十年后,男主角向死了丈夫的女主角表白,他们结婚了。

很美好吗?一点都不美好。

等了那么久说出来,两个人成了老头老太太,错过的时间该怎么弥补?无论结局再怎么好,也不得不承认,爱情是有时序的。原本可以从开始就走向结局,从青丝到白发。说晚了,你的优秀年轻、英俊潇洒、貌美如花只是徒劳无功。那些中间缺失的岁月,被另一个人占据了。

你默默地喜欢,安静地计划着两人的未来,却没想过你们之间从没有开始,怎么会有以后。那一切,是你自导自演的苦情戏。你苦了自己,也爱不到别人。你不知道的是,所有人在改变,不会有人一直等在原地。

喜欢就请说出来,可能换来的是更残忍的拒绝,但没有尝试过就断定结局,未免太苦了。说出口的感情,最起码有百分之五十的机会,若不说出来,机会就是零。最遗憾和后悔的是,我们只看见过爱情的样子,却从未敢伸手触碰它。

很多事情是不等人的,不是所有人可以像电影里那样,在最后时刻找回挚爱。你爱得太小心翼翼,舍不得说出口,也许你就错过了那个合适的时间段。

你怎么知道,当你暗恋对方的时候,对方有没有关注你呢?

可千万别错过,在我还喜欢你的时候。

我是爱过你,但我还得爱别人

我一直对自己的记忆力不抱任何希望。前一阵子,因为常年头疼去医院做检查,CT 的结果是大脑老年性改变。我问大夫:"什么是老年性改变?"大夫没理我,被晾在一边的我有点儿尴尬,想了想,又加上一句:"是夸我早熟吗?"

大夫显然理解不了我的幽默,他说:"你再不加注意,天天熬夜的话,抑郁没法好,而且记忆力会越来越差。"

一般来说,一定的心理暗示会加重人的自我认知。如果一个病人膏肓的人不知道自己患有重病,一般还能支棱着活泼一段日子。但一个正常人忽然得知自己患有绝症,那好,无论他再健康,也离死不远了。

如果你非要和我较真儿,抬杠说谁谁谁癌症晚期还是生龙活虎、乐观向上,最后战胜了病魔,旗开得胜,又开始了一段美好人生,那我不和你犟。我只想回头问问你:"这样的人全国有多少?"

有时候,我回头看自己亲手写下的故事,竟然会觉得有几分陌生。我们记不住太多的事,记不住当时的心情,不理解那时的选择,也体会不了那些深夜流下的眼泪。那些说好一辈子不忘记的人,就在我们念念不忘的过程中,被遗忘了,多可悲。

我慢慢发觉自己在逐渐遗忘,忘掉越来越多的事儿、越来越多的人。我很怕会有那么一天,我忘了所有本该记住的事儿,忘掉谁待我好、我亏欠谁,那样的人生真是相当凄凉。

我怕忘了自己故事里的人,因为我正在一点点地失去他们,并且我明白,最终我会一无所剩。我有种莫名的责任感,总觉得,在我们还没彻底断了联系前,我得亲手交给他们一本书,表明我是真心真意地在意过他们,我没糊弄,没对付。

可能生命就是一场不断的告别,现在陪在我身边的人,总有一天要离开。可能是和我一同离开,可能是比我先行一步,也可能是我丧尽天良,辜负了人家。毕竟,我被人辜负过,也没少辜负过别人。不是第一次了,就没必要装什么纯情。不过,怎么样也没关系了,不管未来如何,至少我们现在很开心。

我一直以为,我的爱,是歇斯底里,一生只有一次的。

我们说男女情爱,总是想很用力很用力地表达,总想轰轰烈烈才不枉此生。可现在回忆起来,之前那些万分精彩的欢愉之事,演变成了如今不敢回忆不愿提起的伤感。曾经棱角分明、非黑即白的少年们,也终于变得势利迷眼、模糊万分。偶尔也会想起谁,却不会再想迫不及待地做点什么事儿。如果无意间完成了一些多年前的渴盼,也不会觉得多兴奋了。

看到以往写过的字、走过的路、爱过的人,才懂得,原来我对你做的那些事,也曾给过别人。

我真感谢那些在我生命里走过的温柔待我的人,正是你们的温柔、呵护、包容,才让我缓慢温和地磨平了不堪的棱角,变成了更好的人。我们曾有幸被温柔相待,也愿你,能一直温柔待人。

"我爱过她,就是永远爱过她。但我以后还会爱上别人,直到心里可以永远住下一个人。"是的,过往的人儿,我是用力爱过你,但对不起,爱情里我没有那么多的天分,还是得把你给我的爱拱手让人。

你问我后不后悔,当然不。毕竟用点力,从来不是什么坏事,我想爱你,从此,再也不用爱别人。

我会念旧,但不会回头

其实,我是一个挺烦总拿"我朋友""我认识的一个人"讲故事的人,总感觉太敷衍了,就像是隔壁家那个永远比你争气的孩子,事业成功、孝顺父母、处处第一的"我同学",他们无形却致命地存在于每一个故事里,永远被当成对比人物。和他们相比,我们那么卑微那么失败,怅然若失又不断激励着自己上进。只是那多年来敦促我们的榜样,我们从来也没见过他们真正的形象。

用一个幻想出来的人讲的故事,还有往下听的意义吗?所以,我不想不着调还漫无边际地介绍我幻想出来的神秘朋友,只想说点身边离我最近、最实际却最无奈动人的故事。

我和嘉莹总在一起胡吹瞎侃,常常是没有开头,也不需要结尾,想到哪里就滔滔不绝地说到哪里,话题跳转极快,可能刚说完国际形势,马上就无缝连接了今年流行什么发型、发色。总之,要是第三个人在场,大概分分钟准备和我俩绝交,因为没法进行对话,脑洞太大。

我俩谈天说地,我俩胡言乱语,我俩漫无边际。但是,我们在一起的时候,独独很少谈感情,很少聊起那个彼此不愿意说起的人。是的,越是在乎的事,越做不到云淡风轻,因为你在乎,所以你谨慎,不愿意随意触碰,更不会逢人就拿出来展示。

上一次,我和她遛弯,走到一家新开的情侣装店门口,不约而同地犹豫了一下。她说,她从来没和谁穿过情侣装。我想了想,然后回"我好像也是"。

"别闹了,不可能,你和那谁没穿过?"

我愣了愣,笑着回她说:"当时买是买了,没等穿出去就散了。"

她像个做错事的孩子,向我吐了吐舌头就拉着我继续往前走。走过店铺差不多二百米的时候,她笑了一下,忽然没头没脑地说:"你知道吗,女生是没有爱情的,谁对她好,她就和谁跑。"

我想了想,回应她:"男生也是没有爱情的,谁长得最漂亮,他就对谁最好。"

很久以前,我就和别人讨论过,为什么自己喜欢的人一般不喜欢自己?为什么自己中意的那款衣服总是穿不进去,喜欢的那款包包也总是买不起?

可能因为我们还不够好吧,还不够瘦吧,还不够有钱吧,所以，总是还和向往差很多很多吧。

我们在拼了命地变漂亮，挤破头也要变得更好，每年一到尴尬的三四月，女生寝室楼下送餐的人会默契般地大规模减少，因为夏天要到了，姑娘们断食减肥的生活又开始了，每天跳绳跑步转呼啦圈的日子又热闹起来了。

谁也不想被别人落下，希望自己努力变得更好。总以为，只要变好了，无论拥有还是失去，就会坦然自若，落落大方。

总是遇到不好的感情，所以，突然碰到一个对我特别好的人，我会由衷地感到害怕，开始是怀疑他的真诚度，后来是害怕他会走。我也特别怕遇到那些我自己不喜欢，却要恭维着说喜欢的人。我以为再假的东西里面也有真，后来过着不想要的日子，开始纠结懊悔地生活。

有人说，在一个满是暧昧的时代里，难得单身。我们嘴上说着渴望自由，厌倦拘束，可心里谁不想要个情感寄托呢，深夜回家时有一盏亮着的灯，饥饿难捱时有一碗热乎的饭，哪怕是在奔波劳碌后，有个能说说话的人也好。

我始终固执地相信，喜欢谁，愿意和谁在一起，说多少句话，是有一个命数的。你看，以前滔滔不绝无话不说的两个人，最后一问一答各安天涯，大概就是缘分已尽。

可我又是一个没什么自信的人，害怕别人走，偏偏不善于挽留。人在外强势得不得了，回家却猫在被窝里哭。是啊，没那个洒脱自如的本事，却非碍于面子装厉害。不然，总觉得，一旦开口，一旦挽留失败，自己就输得更多了，从此一败涂地，回不来了。

我做过特别傻的一件事，是当时和初恋男朋友，在那个单纯如白纸的年代，好了三年。

我无条件无理由地相信他。当然，他也对我特别好，我俩总一起放学后，去排队买一个胖阿姨家的熏肉大饼，然后他骑着他的电动车，跨过新老城区连接的大桥，为我披上衣服送我回家。

那时候，每个最黑的夜里，最冷的风里，他抱我最紧。我们兜里没有钱，两个人加起来能有五十块钱就觉得开心到不行，花一块钱买三根本地最廉价的冰棍也要分着吃。我胃不行，吃太多凉的会犯胃病。吃完冰棍他肯定要买一个暖宝宝，让我贴肚子上。当时我特瘦，身体特虚，动不动就胃疼，每天事儿可多了，难伺候，但他总笑着迁就说"好的，随你"。

每次下雨的时候，我没有带伞，他顶着风雨一定给我送来。还记得一次，瓢泼大雨下得邪性，两个小时就能没过人的脚脖子。他发短信问我带伞没，我说没有。他怕我淋雨，特意翘了最后一节课，顶着大雨跑出去买伞，再小跑回来接我。放学后，全班同学在教室门口看见了浑身湿透的他，拿着一把透明雨伞，嘿嘿地冲我傻笑，不顾顺着头发流到了脸上的雨水。

当时，几乎全校人都知道我俩好，老师领导也知道，因为他对我的好，已经到了人神共愤的地步，我也依他。可我们当时就是那么单纯，单纯到连简单的一个亲吻都觉得是奢侈和恩赐。

我十八岁生日的时候，他攒了半年钱，为我买了一个三十分的钻戒，戒指是纯白金的，只是那钻小到看不见，那又怎么样，我还是幸福得无与伦比。

他说："你先受点委屈，等以后我有钱了，给你换好的，换那种闪闪发光的。"

我大笑着说："就这个，我戴正好，我手指细，钻太大太沉担不起。"

他和我一样，唱歌超难听，可那天还是硬着头皮站在人民广场中央拿着大喇叭，结结巴巴地给我唱完了一首《生日快乐》。

我看着周围人忍俊不禁的表情，又感动又觉得好笑，用离我最近的那个秃头男人的话来说，就是"实在是太难听了，没一句在调儿上，他要是继续唱我可扔鞋了啊"。

为了让同学们多照顾我，他还常会买好多零食给大家发福利。每次看见他出现在班级门口，同学们个个会显得很激动。

当时，同学形容我俩是神仙伴侣，说："以后要是结婚，别忘了通知大家一声，全班人给你俩随份子，一千起底，不差钱儿。再说，那么多零食不能白吃，你俩也争点气。"

我们笑着答应说："好的，一定。"

……

当然，一切都是之前的事儿了，后来啊，故事发展得不那么尽人意。我们到底还是辜负了同学们的好意，也给他们省下了一大笔红包钱。

电视剧里总宣称爱一个人就得给他充分的自由和空间，我深受洗脑，就白痴地听了他的建议，卸载了当时刚刚流行起来还被称为"约炮神器"的微信，他说："我也卸，咱俩属于彼此，不留给对方一丁点猜忌。"

半年后的某一天，我上课无聊，就拿了同桌的手机，百无聊赖地刷新着她的朋友圈。然后，我看见了初恋更新的照片状态，他在森林公园抱着一个女孩，笑得很甜，那种笑容和眼神里洋溢的光芒，我已经很久很久没见过了。

我抖着手点开头像，一点点地下滑，原来早在半年前，他就已经在朋友圈里公开秀恩爱了，只是对象不是我。半年里，我依然如三年前那样陪在他身旁，带着和他过一辈子的决心，将他列入我的生命计划。那是我最实心实意对一个人好的年纪，希望他更好，就督促他参加补习班学习。他不肯，我坚持。终于，我赢了，就在每次他说忙的时候，我默默退到幕后不去打扰。

最可笑的是，经常和我在一起的朋友们也出现在了照片中，昨天我们还一起吃过饭，他们还笑盈盈地喊我"嫂子"。可如今，照片里的他们依然笑得很开心，只是女主角不是我。同桌也完全知道，全世界心照不宣，只有我，浑然不知，自得其乐。

我没有声嘶力竭，只是一个人一边流泪一边默默翻遍了我能找到的那个姑娘的所有社交软件，一张张放大看每张照片，每条评论，一点点分析她到底比我好在了哪里，我到底输在了哪里。

我知道，还是因为我不够好，所以他有底气离开我。

我失恋了，彻夜睡不着，看着天上的月亮翻滚过半个天空，眼泪流得脸黏糊糊湿答答的时候，就抓起一把零钱，趿拉着拖鞋下楼买熏肉大饼吃，连葱带肉咀嚼进胃里，感受着酱汁的味道弥漫在嘴里。

大娘问我："大晚上的，怎么自己出来吃东西，男朋友怎么没一起来？"还温柔地劝慰我："女孩子晚上吃东西可容易胖啊，小心男朋友不要你。"一听完，我嘴里没嚼完的熏肉大饼变成了鱼刺，我如鲠在喉。

那天晚上，我一个人走了好久好久，走到眼泪流没了的时候，我发誓我一定要变得很好很好，好到足够让他懊恼终身的那种。我要让他一辈子后悔，一辈子回忆起我就无法释怀。

我当初有多爱他，后来就有多恨他。初恋摧毁了我对感情的所有向往，不仅仅是爱情，甚至是友情，我也会觉得虚伪造作。很长一段时间内，我不再信任任何人，心里不断重复的只有一条：一定要让自己变得更好，要远远甩开他，走在他前面的那种好。我留给他的，永远只是背影，我要他后悔，一定要。

刚升入高三，我成绩差，差到什么程度呢？年级一共多少人我就是多少名的那种，就因为他是一个浪子，因为盲目的喜欢，我变成了第二个他，变成了所有老师都烦的"不良少女"，记过、通报肯定处处少不了我。

他大我一届，后来，他家托关系送他去大连上学了。我们就在一片谩骂中分道扬镳，发誓此生老死不相往来。然后，我拼命学习，健身，节食，稍微吃多一点就去厕所吐，学着化妆学着穿衣打扮，看很多很多书，想哭就去操场没完没了地跑步。

高三备考很紧张，我也特上火，我一定要考出去，一定要去一个更好的地方，我必须让他看得起。所以，我没日没夜地看书，别人十点睡觉，我凌晨三点睡觉。别人六点起床，我六点到校。大家在复习，而我是学习，我的书，几乎是全新的。终于，它们被我一笔一画用成了旧书，密密麻麻的注释让人看起来心颤。但没关系，我用一年时间从全校倒数变成了年级前二百名。我们是重点高中，每年的规律是，年级前三百名能上一本的好学校，能去一个自己喜欢的城市。

开班会的时候，班主任对我妈说："孩子一下子出息了，明白什么时候忙什么事儿了，临毕业总算是干了点正经事儿，知道着急了。"我妈也高兴，毕竟前两年为我操碎了心，流干了眼泪。他们夸我懂事儿了，可只有我自己明白我到底为什么拼。我要争口气，我要让他后悔，然后等他回头，我再远远踹开。

高考的时候，我没发挥好，数学满分一百五，而我就考了五十二分。仅仅一科，迅速拉低了我的平均成绩。查分的那个晚上，我们全家人一夜没睡，先是兴奋紧张地等成绩，再是万般失望，怅然不已。

我说我想复读，我妈坚决不同意，一年里我到底受了多少苦，遭了多少罪，一点一滴她都看在眼里，哪个妈妈不心疼自己的孩子呢？

我妈说:"走吧,看成绩,上二本够用了,选个喜欢的城市,然后开始你的大学生活,行吗?全家人跟着你,神经崩了太久,再也没有力气重来一次了。"

她问我想去哪里,我说一定要去大连。

她问我原因,我说因为我喜欢海。

她说青岛也有海,我说不行,我偏喜欢大连的海,我就要去大连。

因为,大连有你。

我努力一年的意义,就是想去你的城市,想翻山越岭去看看,或者说气气你,我就恨你恨到如此地步,你是不是很讶异。再说点让你更讶异的事儿吧,你走之后,我哭哭啼啼了一年,哭坏了眼睛。从此多了一个毛病,遇风流泪,见不了强光。

最后,我去了沈阳,还是和大连失之交臂。

写了那么多,原来我是想给你讲故事,那你就听一听吧,也算是我们之间的一种沟通了。

那年夏天,你放假回来,约我出去,说恭喜我,要请我吃饭。你好像没表现出多少意外,我不知道自己是该开心还是该难过,开心原来你就对我充满期待?还是难过我做了那么多努力,你却似乎毫发无损?

我在心里模拟过的千万次的场景,终于出现在了面前,我却没有想象中的兴奋激动,反而只有落寞和淡然。你没我记忆里帅了,也不如之前干净纯粹了。总是觉得,你被埋汰了,就像是我一直珍惜着宝贝着的玻璃杯忽然被人抢走,摔成了一大堆硌人的玻璃碴儿,又还到我手里了。

饭桌上还是当年的男男女女,一年过去,大家似乎没什么改变,但似乎又再也回不去了。我冷淡地和桌上每一个人僵硬地say hello,你不断往我碗里夹肉,用勺子小心体贴地捞起辣锅里的虾滑。

酒过三巡,你拉住我手,问:"能不能重新在一起?"我盼了等了一年,拼了命努力一年,终于换回了你,我终于赢了。

后来的日子,你在大学挥霍无度,又被送去新疆服役当兵。遥远陌生的城市、荒凉孤寂的黄沙、日夜坚守着站岗,就构成了你的全部生活。当然,也不能说得太悲惨,总算是完成了你的一桩夙愿。我知道,你梦想做一个军人,成为一名特警,背着枪,南征北战,好威风。

我在沈阳读书上学,长高变瘦,甚至实现了从前和你吹牛说一定要出一本书的荒唐梦想。我自己也不敢相信,我居然逐渐实现了梦想,还去拍了电视,录了节目,见到了原来只在屏幕上见过的明星,一切来得比我想象中快多了。

我从默默无闻、从被人嫌弃瞧不起的丑土少女,变成阅人无数、看过万千风光的高瘦 Model(模特)。

你踮着脚也达不到做我男朋友的及格线了,我认识了更多比你好的人,才明白当时你对我的那点好简直太微不足道、不值一提了，才明白当初我们那么笃定的爱情信仰是多么幼稚可笑了。

我记得你原来说过一句话，你说："白雪，你以后一定会有出息，一定会。因为你是一个明确知道自己想要什么的人，任何人也挡不住你，你的坚持和倔强一定会让你到达你想去的地方。"

我现在不敢说我多出息了，但起码，我再也看不上你了，也不介意你怎么看待我了，无所谓了。我拼命变好，努力让你后悔，可你后悔后，我发现没意义了。我开心不起来了，我发现，曾经发誓一辈子跟定你的我已经不是那么在意你了。大家眼里的羽化成蝶、凤凰涅槃的过程中，我的眼界开阔到已经看不上你了，你已经被我剔除在外了。

什么时候出现了变化，我不得而知。

只是我落寞且悲伤，我曾经发誓要过得比你好，比你厉害，拥有的比你多，我要让你一辈子后悔。可当我真的远远走在你前面的时候，我忽然悲哀地发现，无所谓了。整个过程让我难过。我以为我会向全世界高声宣扬我忘了你，我开始恋爱开始生活，开始走出你的世界了。我要在微信、微博发满状态，说我终于不爱你了，再来99+个赞，大张旗鼓、红旗招展地宣布我终于解放了，从一场自己心里的暗战里释放了。

可当我发现，我再也背不出来你的手机号，再也不会因为你的一句话睡不着，甚至再也不会去翻你之前的动态，不会研究你有没有新的暧昧好友了。我发现我在一点点地遗忘你。我以为我会欣喜，可当我真的意识到的时候，我反而觉得难过了，我们轰轰烈烈那么多年,上至领导、老师,下至保安、清洁大妈都知道的恋情,就无声无息地结束了。

我觉得好可悲,自己声嘶力竭爱过的男孩就散在回忆的风里了。我们从同行者开始,又分道扬镳走了太久太久,久到现在我回头看你,只能看到茫茫尘埃中落寞的一个小黑点,那些过去,消逝在过往的年月里了。

岁月总是在不经意里就流淌过了,以为不可忘记的事情和人,也还是忘记了。后来,也还是恋爱了,我们谈着节制而理性的感情,不太愿意说很爱,也不太愿意说不爱。

我承认我尿了,害怕了,给你的爱再也给不了第二个人了。那样廉价的感动,再也不能让我泪流不已了,或者说,我很怕自己一辈子也不能再像记住你一样记住任何一个人了。

每一次,我因为各种生活琐事、精神压力偷偷哭的时候,总会联想到你,想到那个大风天,你披在我身上的外套,想起一起上学放学的时候,然后就更想哭了。

我恋爱了太多次,和形形色色的人,他们从事着各行各业,带着各种各样光鲜的名头,给我制造过各式各样的感动,电视里演的,经历过了;电视里没演的,也算体验全了。我爱过一些人,为一些人落泪,可是最难过的时候,无一例外还是想起你。梦醒了,回归现实后,我不仅鄙视你,更瞧不起我自己。

如今我仍在不断强大自己,仍是不敢再把希望赋予在任何人身上。我失望够了,也不想再幻想了。我也常常会思考谁能依靠,走了好久后才知道,只有自己最可靠。

听人说,你入伍前留下的话是,退役一定来娶我。要是以前,我又会泪流满面了吧,现在听起来反而像是一句戏谑的调侃了,再不能让我多一分的兴趣。

人来人往,我曾天真赤诚地爱过你。我深知,世上比我美的姑娘很多,比我有才情的姑娘也很多,比我贤惠温柔的姑娘更比比皆是,可她们并不令我沮丧,因为我比从前的自己好了很多很多,那就足够了。

你说过最好听的情话是,如果一生我可以有九百九十九次好运,我愿意把九百九十七次分给你,只留两次给自己,一次是遇见你,一次是永远陪你。我一度为了它无法释怀,每每想到就泪如雨下,而收过太多次的玫瑰,听过太多次我爱你后,反而无感了。

那些扬言要陪你走完一生的人,总是走到半途就迷路了。大概有些人就是如此,毫无征兆地说我爱你,又悄无声息地离开,所以,我总告诉自己,别轻易认为谁是你的世界,也别轻易付出所有。你要做的,就是迎风走下去,慢慢去接受,很多人最后的关系,就是再无关系……

后来的恋爱中,每每出现不错的人,我就会由衷地恐惧,我怕重蹈一遍你我的覆辙。我出没在各种令心脏不断悸动的高地，我一个人完成了很多你我当时在电动车上幻想的旅行。当随风飘动的经幡飒飒作响的时候，我又莫名地想到你。当地人讲，经幡就是挂幡人的福运，在空中升腾着的是一种长盛不衰的信念和久久不散的祝福。老人拿出幡布和马克笔，问我要不要写一份。

"哪怕山高水长，路遥马亡，上帝会帮你传送过去，会累积那份福报，积累那份诚心。"

我犹豫了一下，终究还是拿起笔写了好多话，给爸妈的，给自己的，给身边朋友的，但是唯独对你只字不提，我们终究是过去了。

迎着凛冽的晚风，嘉莹和我笑得没心没肺，大口呼吸着沈阳本地的新鲜空气。我知道，她也有好长好长的一段不愿意再提及的过去，我们默契而小心翼翼地避开了。不然呢，人总要长大的。

在水吧喝香蕉草莓奶昔的时候，嘉莹吐槽我智商是不是三岁，就喜欢小孩子的口味，我笑她故作老成，半夜喝什么拿铁。然后，她手机屏幕亮了一下，一看完，她就哭了，睫毛膏晕成一片，眼泪大滴大滴地掉进没加糖的咖啡里。

我抢过手机，那是一条不长不短的短信，发信人是一个陌生号码，没有备注任何姓名信息。

"告诉你一件事，你永远是我十八岁爱上的姑娘，五年前我爱你，现在我还是爱你。你是好是坏我也爱你，可是我现在要订婚了。明天开始就不爱你了，没做到一辈子矢志不渝，对不起。没成功做你背后的男人,对不起。没能成为千万富翁来娶你,对不起。祝你幸福。最后说一句,我真爱你,真的。"

我说:"你要不要回一下?"

她把纸巾压在眼睛上,使劲儿吸吸鼻子说:"不用,没啥好说的,再见面就是响亮的一巴掌,从此我们两清……其实我想说很多话,比如'我喜欢你''我好难过',又比如'你别结婚了,回来咱俩好好处,求求你了',但我什么也不能说……"

……

那天晚上,我们又买了醉,全程安静,只喝酒不说话,掉了眼泪也不擦。

Chapter 4

长大这种事,从来不是一个人的

生活可能就是让一个很酷很傲的人,
慢慢变得很柔很缓的过程。
我们爱过的人一个个散了,
喜欢的东西一件件消失了。
十年前朴树唱着
「生如夏花般绚烂」,
十年后他低吟说
「平凡才是唯一的答案」。

高考,别为了任何人放弃你准备了三年的试卷

六月炎夏,要高考了。一想到高考,我心里就"咯噔"一下,第一个反应是害怕,发自内心的恐惧。回想高三那年,只想说:"我过的不是人过的日子。"

有人说:"三五年后,再回想当年让你痛不欲生的那些经历,回想那个夜夜失眠痛哭的自己,你会觉得天真又可笑。"如果用在别的地方,我赞同;如果用在高考上,我只会觉得唐突。

我想讲一个穷小子和"白富美"之间的故事。

1

穷小子喜欢白富美,他成绩很好,但白富美恰恰相反。高考之前,穷小子发现自己和女神是前后座,他既开心又难过。开心的是,终于有机会近距离接触女神了;难过的是,高考是分A、B卷的,

前后座位的答题卡顺序并不相同,也就是说,自己帮不到女神了。

考试第一天,穷小子探身看了一下白富美大面积空白的试卷,又看着她欲哭无泪的表情,心里空落落的。

第一场下来,白富美趴在桌子上号啕大哭。

穷小子忙去安慰她,白富美说:"我可能真的考不上任何学校了,可能要去一个荒无人烟的地方,到一个完全陌生的环境,再也不会遇见任何一个认识的人了。高中三年,我对不住我父母。"说着说着,大颗大颗的眼泪就掉了下来。

穷小子不知道怎么安慰,只是在她桌前放了一盒纸巾,然后自己跑去厕所,抽了一支烟。从前,他是不抽烟的。出门时,他一副沉重的表情,像是做了什么重大的人生决定。

2

考试如火如荼地进行,白富美的眼泪也快流干了。

交完最后一科试卷的时候,穷小子终于鼓起勇气,走向了白富美,声音微颤地说:"放心,还有我呢,以后咱俩肯定是一个学校的,我看到你卷子的情况了,我的也就那样。"

白富美一脸震惊,要知道,他的学习成绩,可是出了名的好。每一年的优秀学生代表肯定是他,领助学金最多的也是他。怎么会?

穷小子故作潇洒地甩了一下头,强忍着眼泪说:"数学和理综的大题,我没答。"顿了一下又说:"我喜欢你很久了,比之高考,我更在意的是你。"白富美哭倒在穷小子瘦弱的肩膀上。

那一刻,穷小子觉得,全世界的星星明亮了起来。他幻想着,自己要牵着她的手去老家那片油菜花田里春游，要去那条陪伴自己长大的小水沟，他们晚上要一起看星星，大学里一起上下课，自己还能接她放学，还能一起吃饭散步……够了，足够了。那就是他所有的愿望，为了甜蜜的愿望，他愿意牺牲一切。他觉得，那才是一个男人的担当。

3

公布成绩的那天，大家交头接耳地互相打听着分数，果真，穷小子和白富美的分数就相差不到五分。

嗯，他毕竟是"学霸"，能准确判断每一道题，知道写到哪个步骤，能得多少分。他曾在心里小心翼翼地计算了上百次，只为了能和白富美分数相平。那份取舍的煎熬，比答对试卷还要困难百倍，可他做到了。

故事是不是就该圆满了？穷小子终于迎娶了白富美，走上了人生巅峰，十多年后，作为成功人士代表，西装革履，给大学生们做讲座，告诉大家："通向罗马的路，其实不止一条。"

你是不是认为故事导向应该如此？

可我想给你讲一个真实的结尾，那个结局看起来好像有点儿嘲讽，或者说更像是一个段子。

4

无一例外，穷小子和白富美落榜了。白富美出于感动，和穷小子在一起了，不过只有短暂的三天而已。

三天后，白富美哭着说："我爸给我办完了学籍手续，我马上就要走了，去英国留学。"穷小子睁大了眼睛，皱起了眉头，喉咙里哽咽了一万句话，却一句也说不出来。然后，白富美的妈妈开车来接她了，穷小子看着那辆黑色的宝马车消逝在视野里，一点一点，一点一点地消失不见。

5

回到老家，纸包不住火。所有人都被穷小子可怜巴巴的分数震惊了，大家一致认为："不可能，一定是判错了卷子！我娃从来都是学校前三名，我们是要上重点的人，怎么可能落榜呢?！"

"对！不可能！嫂子，你先别哭，咱们向教育局反映反映，一定是卷子判错了，肯定是判错了。"

"对对对，肯定是判错了，嫂子，别哭了别哭了……"

亲戚邻里济济一堂，穷小子的母亲哭成一个泪人，父亲不停地抽烟，嫂子一直叫嚣着一定要找学校算账……

穷小子阻止了嫂子，向爸妈跪下，磕了三个头，眼泪在眼眶里不停打转，说："对不住您二老多年的养育之恩了，我也再不能花家里的钱去浪费了，我出去打工。"

6

穷小子的妈妈哭坏了眼睛，那片庄稼地也没人照看了，全家人似乎都失去了那股子劲儿。穷小子也深深受伤了，他坚持不去复读。

他觉得，人性，不，应该说人生，可能就是如此不公，上不上大学也没意义了。他想去远方，去做修车学徒。

家里争执了很久，父亲还是坚持让他上学，不过不强求他再念一次高三了。

"看分数，唉，能去哪里就去哪里吧。""再贵的钱，咱家砸锅卖铁也认。""咱家往上数三代，全是农民，你不能再做农民了，考不上大学，学个专业技术也是好的。"穷小子的父亲用满是茧子、粗糙不堪的双手，重重地抹了一下眼角的泪。

7

穷小子觉得自己太不是人了，想自杀，但终究没死成。到底犟不过家人，凑齐了学费，去了一个民办的技校，学汽修。

五年之后，就是上个月的十五号。穷小子在修车厂修车，嗯，是啊，还是打工。他钻进车底，仔细检查着各个配件，心想："真是一辆好车，没大问题，只是引擎出了一些故障。"

车主放下车就走了，当地人很少见那样高级的车，也搞不清楚原理，全厂只有穷小子能修。他一如既往地坚持，认真，就像上学的时候一样。正当他满脸污黑、浑身油渍时，车主回来了。嗯，就像你想的那样，车主就是当年的白富美。她更精致漂亮了，那是穷小子心中的女神，即使五年没见，她的面容依然牢牢地印在心中。

穷小子一下子就哭了，白富美觉得很奇怪，修车的男人哭什么?她凑向前仔细看的时候,才发现那人就是当年高考时坐在她后座、说会带她去看油菜花的男孩子。

白富美也哭了。

两个人相对无言了三分钟。白富美的男朋友来了,奇怪地看着满脸泪痕的白富美,她掩饰着说:"我刚才呛到了,没别的事。"

看着白富美男朋友满身的名牌,穷小子还是像当年那样,默默低头,悄悄走进了人群里。

你以为我在讲一个虚构的故事?

可我想说,那个白富美,是我的高中同桌。我讲的故事,是上个月十五号晚上十一点多的时候,她哭着告诉我的。

她说:"自己好像害了一个人的一生。"

我说:"一切是他的选择,和你没有关系。如果脱离了生活谈理想、爱情,很容易感到幻灭。"

我不想长篇大论地写那些被说烂了的老道理,不想告诉你们应该如何复习、如何保持心态、如何选择学校。我知道,你们已经听太多人说了无数次了,你们听烦了,我也曾经烦过那些人。

我最怕的是,你们用单纯的世界观去看待那份年幼的感情,最怕你们为了谁奋不顾身,为了谁故意不答卷子。你以为那样就能天长地久,厮守白头了,可是,我只想告诉你:"别为了任何人去改变本心,你不只代表你自己,还代表你背后的一整个家庭。何况,世界上哪有什么永垂不朽呢?"

我承认，高考不是唯一的出路，但是，请你别因为一时的冲动，而辜负了大家对你的殷勤期望、细心呵护，别辜负了自己夜夜点灯熬油的艰难时光，因为任何人都不值得你放弃人生。

我不想在五年后的深夜里，从电话里听到你的哭声，不想看见你满身油渍，钻进车下，费力地拧着扳手。

你不是独自的个体，你要对自己和父母，要对时间和岁月负责。

一生很长，回过头看所有的撕心裂肺，不过是漫长洪流中的一个小点。

你行的，放松点。

毕业了，以后要真刀真枪地去社会了

Sandy 说，她想去北电补一张请假条，请假时间是六月二十六号，返校时间是永不，请假理由是毕业。

她说，毕业典礼的时候，不知道怎么的，眼泪就止不住地往下掉。她从来没想过自己会在毕业的时候哭，她一直拼了命地要逃离学校，一直觉得长大才能拥有各种意想不到的美好。如今真的长大了，却发现拥有的只能是分离和不舍。

她说，她是在毕业的瞬间才爱上了学校，是在穿上学士服的时候忽然想重新念一遍大学的。那一刻，她忽然觉得学校好大好美，每一个人好纯好真。

毕业典礼那天，全班男生对她们一起喊："不管你以后是谁的女人，你永远是北电二班的女孩。永远是我们心中的姑娘。"一句话说完，全班的姑娘都哭了。毕竟，好多人一毕业就准备嫁人了，而更多的人，毕业之于她们，象征的就是分手了，永远走散在大江南北中了。

我从来不认为我是会在毕业时段哭的人，也一直觉得没什么好哭的。室友关系再好，也没好到共用牙刷、穿一条裤子，不过是平平淡淡罢了。大家风格不同，人格独立，在一起的时候，也不过是各自过各自的大学生活，从来也不在一起混，又何必要演出一副依依不舍、生离死别的样子呢。

然而，到了如今，我一个人在自己的房间醒来，还是会下意识地问室友："今天中午吃什么？订饭了没？"一抬头，才猛地发现屋子里只有我一个人。我一个人无聊，在家刷淘宝，看到什么奇怪的东西、新奇的玩意，总是下意识地想喊一句："唉，那谁那谁，你快过来快过来，看看这个怎么样？""拼单不？我发群里了啊？！"我终于发现再也没有人一脸不情愿又满是好奇，慢吞吞地爬过来了，再也没人充满激情地讨论性价比、胡说八道互相打哈哈了。终于，没有人和我分享那些无聊的乐子了。不知怎么的，我忽然就不想买了，默默退出了软件。

我哥说："研究生毕业前，同乡的学长说'别看你们现在没心没肺的，到最后，你们一个个都得哭着出来'。"那时候，他抽了一口烟，自然没放在心上，刚好碰上那阵儿世界杯，他们还是一如既往地去宾馆开房看球，买了各种麻辣鸭货和冰镇啤酒，大家一起嘻嘻哈哈互相抢烟，似乎也没有什么所谓的离别愁绪。

然后，他很快完成了毕业答辩，领到了学位证，转眼又迎来最后一次聚餐。那天晚上，他喝醉了，第二天昏昏沉沉醒来的时候，发现一位要好的兄弟已经离开了。睁开眼睛看到短信的那一刻，尽管有点难受，但他还是觉得没啥，人生就是一场聚聚散散，没关系的。

后来，人一个一个地走，有的临别时拥抱了一下，有的匆匆忙忙连句话也没说。那天晚上，他走回寝室，敲了敲门，灯亮着可没有人回应，他拿出钥匙开了门，才记起来自己只是忘了关灯。他点了一支烟，站在熟悉的阳台上，看着下面熙攘的人群和大包小裹，习惯性地准备挪一挪阳台上的衣服，才发现，头顶只剩下几个光秃秃的衣架在陪着他。

他说，那天他抽着烟，看着远方，回顾自己住了三年多的宿舍，看着大家一起贴的海报，才想到：从此之后，大家天南地北了。很多人，毕业之后，也许就再也见不到了，再也不会有交集了。那个想法像烟雾一样充斥在他的脑海里，又像是一片乌云开始聚集，一种很伤感的情绪忽然就笼罩住了他。

他说，三年以来，第一次觉得自己是那么孤独无依。他在阳台上待了很久很久，鼻腔有种热热的酸涩，很想哭，又努力憋住，可最后还是没忍住，掉了几滴泪。

他说，如今回想那天，他也不知道自己舍不得的，究竟是那群人，还是几年的青春？或者说，那群人，就是他的青春。

等到秋天的时候，那间我们特想逃离的教室还是会坐满人，只是那群人再也不会是我们。我们再也不用费尽心机地逃课，不交作业了，我们终于要永远离开学校了。我们再也没有可以替我们遮风挡雨的"学生"称号了，要赤手空拳地面对社会上的各种压力了。

很多人是来不及说再见的，但最措手不及的是，我们还没配妥剑呢，就已经要出门面对满是风雨的江湖了。

林宥嘉有首歌里唱"青春兵荒马乱，我们潦草地离散"，一首《心酸》，我越听越觉得心里酸。不禁想起几年前，我刚搬进宿舍的时候，第一次和导员见面的时候，被任命团支书的时候，也想起了老师骗我们说考不好就会挂科延迟毕业的时候，忽然觉得四年怎么一眨眼就过去了呢。

其实，老师没骗我们的一句话是：四年的时间真的很短，人生从二十岁，到三十岁，也真的没有想象中的那么长。

人在年少的时候，总是容易结交到不同层次的朋友。那时候，我们对钱、阶级还没有什么深刻的意识和概念，去人均三四十元的馆子，即使是家庭条件普通的同学也可以负担得起。每个人穿的衣服是百十元上下，大家几乎没有什么太大太明显的差距。

可一旦毕业，大家就像开了闸的洪水一样，四面八方地往出涌，迫不及待地奔向各个地方。

和你一起洗澡的上铺，回到农村艰苦创业；和你一起吃地摊的兄弟，被家里安排进了一家公司；和你吵过两场架的哥们儿，投出去上百份简历至今没有任何回响。

那时候，你才能真正感受到差异，感受到那些你可望不可即的期盼，别人伸手就能获得的不同。他们可以继续开着好车四处挥霍，他们可以回家安稳工作，但你的前途依然渺茫，你重视每一个客户，恨不得喊他爸爸，就为了一点点微薄的提成。一切是毕业前的你从未想过的。

那时候，我们到底是年轻啊，面对世界，充满了高傲，总觉得我们多看世界一眼，它就该万分荣幸。

如今毕业了，才知道，对社会而言，我们竟显得那么微不足道又不堪一击。

没毕业的时候，我可以吊儿郎当地过毫无负罪感的一天。但是如今，别人再问我是做什么的时候，我不能说我是在上大学了，我越发无力地遮遮掩掩了。

读书的时候，什么事也会有好多次机会，考试考砸了，可以补考、可以重修。工作做错了，但是认错态度好了，老师也不会说什么。而进入社会后，很多事情，真的是一次成型、一次定生死，没有那么多机会给你改正，即使你态度再好，结果不行，一切是零。

是的，在漫长的前言和序幕后，真刀真枪的青春终于开始了。

Sandy 说，办完了所有毕业手续，今天正式入职。要填公积金表的时候，她习惯性地填了学号，然后又默默划掉，换成了工号。

那一刻，她才真的知道，嗯，真的毕业了。

有些疯狂只能属于二十岁

二十岁出头的我们,好像什么也没有。不知道前面的路是坎坷还是平坦,不知道将来的一年会风调雨顺还是狂风暴雨,我们对未来充满向往和希望,同时又百般迷茫。

二十出头的年纪很尴尬。也许我们离开家步入大学,进入了一个小型社会;也许我们刚离开校园,四处奔波忙于找工作;也许我们为了稳定而连续加班。我们忙着挣钱,计算着什么时候才能买到属于自己的车子和房子;我们忙着减轻父母的负担,还想更努力些,给父母更好的生活;我们想谈一场平稳安定的恋爱,又必须在事业和爱情之间平衡。

我们疲惫不堪,却又劲头十足。我们没钱,没经验,没人脉,却有一腔的梦想、力气、青春和感情。

发小嘉嘉生活在成都，她是只身到成都上大学，工作的。我已经数不清我们彻夜通话多少次了，电话那头的她，一开始总是嘻嘻哈哈地说着春熙路的美女和周边的小吃，给我讲成都山水有多美，四川话有多逗。说到最后，她静默了，哽咽着说："成都真的哪儿都好，只有我不好。"

她小声啜泣，说着"我好累"。第二天，又满血复活，继续打拼。

那段时间她辛苦疲惫，被老板骂，还是咬着牙坚持，不哭不闹地撑了过来。嘉嘉说成都春熙路是出了名的商业街，热闹喧嚣，如果仔细逛，包里没有二十万元，心里就不踏实。每一次她觉得疲惫不堪快要坚持不下去的时候，就会去春熙路逛逛，看看那些自己买不起的国际大牌，好像突然就有了力气。她知道，如果不努力，春熙路的一切就是另一个世界。

其实，不只是嘉嘉，可能每一个处于同样状态的我们都一样。我们总是被孤身在外的无助和无奈、被自己什么也没有的无力感困扰。我们想改变又迈不动脚，偏偏过程中还有那么多事情不尽如人意，不得不怀疑自己。我们不知所措地站在人海里，好像自己最是没用。我们也反问过自己："是否一辈子就会碌碌无为地度过？"

我们二十岁出头，还有很多机会去尝试不同的东西，还有努力向理想奔跑的力气。我常鼓励自己："别怕跌倒，你要逐渐学会承担责任，权衡事业和感情，现在就气馁未免为时尚早。你别惧怕失败和孤独，你年轻，大可以从头再来。只有试过，才知道适不适合自己，才知道自己喜欢做什么。"

二十岁到三十岁的十年，是我们一生中最美好最重要的十年，是充满着选择，为以后打下基础的十年。钱钟书曾说："二十岁不狂是没有志气，三十岁犹狂是没有头脑。"

二十岁，正是我们一无所有也是拥有最多的年纪。只有不怕失去，才能放心大胆地闯荡、争取。我很喜欢《东邪西毒》里的一段台词："每个人都会经历一个阶段，见到一座山，就想知道山的后面是什么。我很想告诉他，可能翻过去，你会发觉没什么特别，再翻过来，可能会觉得这边更好。但我知道他不会听，以他的性格，自己不走一走，又怎会甘心呢？"

感情也好，事业也罢，只要我们全心全意地付出过，就已经没有任何遗憾了，不是吗？

我知道你撑得辛苦，没关系，我陪你一起走。

你回头看看，你身边还有千千万万同龄人也在同你一起走，我们慢慢地走，踏实地走。

青春是个混账，在我心里躲藏

我挺喜欢朴树的，觉得他人如其名，朴实、低调，却始终像一棵大树那样直直地立在每个人的心里。朴树和火爆一时就销声匿迹的明星不一样，永远不会随着时代的变迁而过气。

朴树一直代表的是小众，他的那种犟劲儿也因此而长青。

我发了一条朋友圈："从当初的夜不归宿，到如今的朝九晚五。"没多久，几乎收获了上百个赞，评论一条连着一条，让我印象最深的一条只有简单的四个字：为了生活。那四个字的分量说轻也轻，说重也真的很重，而且它蕴含了太多的欲言又止，轻描淡写地描摹出了生活的艰难。

那天，一个读者给我发来大段大段的消息："我好像不是大家眼里的好姑娘，我抽烟喝酒，还在夜场工作，就像《七月与安生》

里的七月似的,大家挺看不起我的,我知道。时间久了,也听惯了冷言冷语,感受过太多人情凉薄。开始还一直装着我没事啊,我很好啊,老娘活得滋润着呢!可有时候就忽然好想哭,那种感觉怎么讲呢?就像是我在夜场喝酒,胃里翻来覆去地疼,但还是硬挺着装出一副不屑一顾的样子笑着喊着'来啊来啊,开盅啊'!那时候,一个陌生的过路人,好像看透了我的所有伪装,了解我的所有脆弱,可她没有安慰,没有开劝,只是温柔地给我披上了一件衣服,递给我一杯热水,然后就悄悄离开,一句话也没留。"

我看着心里怪难受的,不知道自己该回复什么,只好说:"好好睡一觉,明早起来,一切会比今天好。"

我原来,不,包括现在,我一直不是什么中规中矩的女青年。我叛逆,不服从管理,不爱混圈子,性格也孤僻,喜欢谁就使劲儿喜欢,不喜欢的一概不理,偶尔抽烟,酒量不错,打过架,骂过人,也曾经被人骂。一路过来,那些被人轻视的感觉、异样的眼光、嘲笑的声音是什么样子,我太知道了。

我们听了太多的人生道理,也用各种鸡汤不痛不痒地安慰过别人很多次。其实,我们知道那些话没有一丁点意义,人生永远没有感同身受,开导是多余的,那些安抚别人的话,甚至安抚不了我们自己。

生活可能就是让一个很酷很傲的人,慢慢变得很柔很缓的过程。我们爱过的人一个个散了,喜欢的东西一件件消失了。十年前朴树吟唱"生如夏花般绚烂",十年后他低吟"平凡才是唯一的答案"。

高晓松曾经说过一件事。车在路上行驶着,自己忽然叫大家停车,搬了个板凳下车坐在路边看夕阳落下,别人问:"那你怎么回去啊?"他说:"我不想错过此刻的美景,别的事儿以后再说。"于是,大家都走了,留下他一个人在高速公路上。那一刻,他觉得人生可能就是一个抽离的过程,逐渐丧失了自己开始随大流的过程。

摇滚青年不摇了,"愤青"也不喊口号了,大家放下电吉他,决定投简历、找工作了,只起哄说自己尽了,可谁想过放弃背后是更大的勇气和担当呢?谁能手无寸铁地和生活死磕硬犟呢?我认识的很多放纵不羁、文身剪短发的姑娘蓄起了长发,穿上了白衬衣;看过不少发誓要浪迹天涯、四海为家的兄弟,最终当了家乡的人民警察。

社会的容纳力有限,它承担不起所有人的向往。我们渐渐失去棱角,泯然众人。可谁又能说我们曾经没有远大的理想,豪迈的目标?

好多人说低头是没劲的、无意义的,便大肆宣扬很多人在二十五岁的时候就已经死了,只不过七十五岁才被埋掉。我承认,那些曾经的少年说过自己决不会为五斗米折腰,那些清晰可闻的誓词最后拜倒在了权利和欲望的脚下,但即使如此,我也并不觉得那有任何丢人、跌份儿的点,人活着不仅仅是为了自己,身上还有沉甸甸的责任。

我不知道你有没有想过,等你人到中年,父母年迈体弱、行动不便,儿女嗷嗷待哺、尚未成年,而你还要抛家舍业,不顾一切地追求诗和远方，追求着你口中说的"别死在二十五岁"。你立志辞去工作、放下家庭，环游世界、大开眼界时，他们要怎么办？如果一个人扛不起基本的担当和责任，只知道不停强调着自我，不断索取争夺，那他的家人可真是欲哭无泪了。

社会在一代代传承，人类一代代握着接力棒。没有谁能脱离自身的社会属性去放肆独活，那不是勇敢，是没良心，丧人性。

作为一个情感博主，我不该有如此强烈的情绪起伏，可我不想每天讨论着男男女女的那点事，今天他和她好了，明天谁为谁哭了……面对生活，它们显得无足轻重。

我曾收到一条留言："今天是2016年12月2日，2017年就快要来了，我也即将二十五岁，可我一事无成，拿着三千多的工资，干着随时会离职的工作，信用卡还欠着两万，一个人在被窝里茫然地看着手机听着歌。我不知道明天会怎样，我只知道压力压得我喘不过气，但我会坚持，我肩上扛着责任。"

那些被称为"死在二十五岁"的人们，不是没理想、没抱负、没志愿，只是相比之下，他们选择了妥协与承担，他们拿出了更大的勇气。谁也没理由随意埋汰一个认真生活的人。

长大这种事，从来不是一个人的

小时候，我很喜欢和一群小朋友冲到学校旁的小卖店买方便面，轻车熟路地走到柜台，放下一枚小小的五毛钱硬币，欢快开心地成伙儿离开，先捏碎，再撒好调味包，使劲摇，然后吃。最后剩下的一点倒在手里，左右手倒来倒去，抖掉多余的调味粉，觉得差不多了就一把扣进嘴里，再把手心舔干净。如果你笑了，那你是不是也那样吃完过一包面？

每逢放假，最喜欢干的事儿就是约上两三个小家伙去玩沙子。要是我妈管得严，实在出不了门，那就窝在家看一天电视。当时的电视还是大屁股的那种，每次我妈出门前让我做作业，我就偷偷地、提心吊胆地看，一边听着动画片的对白，一边警惕着门锁的声音。一分一秒都在进行心理战，一旦听见门口传来脚步声就马上手忙脚乱地关闭电视，每次还特细心，开的时候是什么频道，关的时候再调回去。得逞一两次后，妈妈好像看出了破绽，后来她每次回家，第一件事就是摸摸电视的大屁股烫不烫，如果稍微热一点的话，那我就完了。

如今想想，也挺佩服那时的自己，吃再多也不会胖，晚上超过八点睡觉就是熬夜，不化妆也很漂亮，穿得再土也很可爱。那个时候，只希望快点长大，那样就可以做很多我喜欢的事。可是现在长大了，做了许多想做的事，同时也做了很多不想做的事，身不由己。

我们最终还是变成了现在的样子，称不上讨厌，但也是我儿时从未想过的如今。

现在有钱了，独立了，终于可以痛痛快快、无所顾忌地走进超市装满购物车了，可是转来转去却发觉，没什么想吃的了。现在妈妈不管我了，可以看电视了，可我家的电视都快半年没打开过了。

小学六年，那时候感觉长得好像永远过不完。现在回想，叹恨为什么六年那么快、那么短，就好像放学时还是夕阳西下，可是和几个好伙伴一起约着玩了一会儿弹珠，不知不觉间就夜幕渐沉，彩色的弹珠也暗了，看不清了。

"嘿，回家赶作业吧，明天老师查，该交不上了。"

小时候的日子好像特别慢，一节课可以上好久，家庭作业可以写到天黑，一袋方便面可以陪我看一下午的电视剧，小纸条可以从最前排传到最后一排。早知道工作后的我会怀念从前,我就好好地写日记,好好地记住每个小伙伴的样子了。

回沈阳的那天晚上,几个朋友在西塔吃烧烤。大伙吃着吃着就聊到了童年,还很罕见地聊到了半夜。我本以为漫长的成长会让我们厌倦和烦躁,以为每个人的童年回忆都是独一无二,没有什么共鸣的。可那天之后,我才懂,长大从来就不是一个人的。

一个人写不完所有故事,也没关系,天南地北的灵魂里总有那么一两个人会为大屁股电视机写一篇文章。

一直记得一段话:"十年前的心脏很厚,用力才能碎,里面是红袖章、发条青蛙、鸡毛毽子、信纸和崭新的回力运动鞋;十年后的心脏很薄,一吹就能破,里面是啤酒瓶、失眠夜、路灯、黑眼圈和忘关的电视机。"

大家的小时候那样相似,但长大后的日子却不再雷同。

欲买桂花同载酒,终不似,少年游。

何必把怀念弄得比经过还长

高考结束了,压抑了一整年的孩子们迎来了新生活。可我在想:"经历过一场血战的他们,是否在毫无约束的生活里会感觉到一些空虚和落寞?"如同《肖申克的救赎》中,用了一生去越狱的囚徒,走出监狱之后,反而适应不了外界的生活。

考试之前,鼓励的话显得太土,嘱咐又平添压力。可考试结束了,我有责任告诉你们一些高考之外的人生。

不知道你们何时能真正理解、明白,真正的考试,从来不在考场上。我甚至私心希望你们永远不要明白,尽管它不是什么励志鸡汤,但也称不上砒霜。它只是人间三月乍暖还寒的一滴露珠。小小的一粒水滴,折射着太多太多无奈的生活。

现在好像怪流行怀念的，工作了怀念学生时代的自在，大学时怀念高中感情的纯粹，高中生又开始惦记初中的青涩，初中小孩竟然也渴望小学的轻松，好像我们的日子总是没什么意思。

那些最好的，永远只在曾经的生活里鲜活生动。回忆自带美化特效，它会削弱不好的记忆，只留下美好的事物，再怂恿人在虚化的往事中寻找快乐。我们忘记了当年叫苦连天的自己，忘了现在就是曾经的向往。

我曾在日记本上写过好多好多话。

"他是我枯水年纪里的一场雨，下得酣畅淋漓，而我一病不起。"

"我曾骄傲地向全世界炫耀你，后来他们问起，我只是笑笑不言语。"

"往事不回头，以后不将就。"

如今回头看看，比之前两句的矫情，我更喜欢最后一句的决绝。

我承认，很多感情在我们高中毕业时就已经戛然而止了。大学是个小社会，我们会经历一些从不曾想过的生活，可能是轻松到飞起，可能是空虚到发慌，抑或课余兼职，体尝了人间苦涩。

你以为那就是生活了，可到你毕业时，再回望当年刚上大学的自己，就会感觉"哈哈，好幼稚好天真啊"。

走过一段路，我就会停下来回头看看，看看自己经历过的人、做过的梦。不知道你们有没有发现一个很奇怪的现象，年纪越大的人，越不会将"真爱"两个字挂在嘴边，甚至很少谈及，反而是孩子们,更喜欢说"你是我一生的唯一,是我此生的真爱,一辈子的选择"。

世界上有千万种人说真爱到底是什么,不轮到自己,你永远不知道那是什么感受。跟 A 在一起会有说不完的话,跟 B 在一起,就算沉默也不尴尬,跟 C 在一起每天都过得很开心,跟 D 在一起呢,则会觉得全世界都消失了……而我所认知的真爱,是我们真真切切为对方哭过、笑过、心疼过、悲伤过,但仍然没想过要和别人一起过。

十几岁的时候,每次分手我都会给对方发长长的短信,总觉得有些话,要是不说,我得遗憾一辈子。如今,每次分手好像不需要说些什么,彼此一个眼神、一个笑容、一句"以后好好过",好像那些过往,就真的没有必要再去碰触了,心里也不会多难过,更不会声嘶力竭或者多么身心疲惫了。

以前我总以为恋爱就得结婚,一生只爱一个人。如今却发觉,凡是那些自以为非说不可的话,往往一出口就后悔了。只是一起走过一段路而已,何必把怀念弄得比经过还长呢。

是的,我只愿你岁月无波澜,敬我余生不悲欢。

身边常有人问我:"小时候不让你早恋,你偷偷坚守到底,现在催着你恋爱,你怎么反而波澜不惊了?"

该怎么说呢?就像是你走错过一条路,它很遥远,很艰辛,似乎和你的目的地南辕北辙。

可是那一路风光如画，鸟语花香，每一处都让当时的你迷恋且向往。只是，长大了的你，再也不会浪费时间去走那条风光旖旎的错路了，你没有那么多时间了。可倘若重来一次呢？我知道，我依然会做同样的选择。

所有的无心之举，潜移默化地影响着我们如今的生活。若从头来过，我相信，我们每个人，都会做同样的选择。

或许幸福真的很静，可能它曾经落在了我身上，而我却习惯性地站起身，抖抖衣服就给弄丢了。不过，无论怎么样，都无所谓了。天亮起来的时候，我们会比从前更老了。

一个人听歌，走路，四海为家，处处奔波，经历过了，习惯了，反而更不会去抱怨什么。一个人累了，哭了，然后失去最后一点力气，慵懒地躺着，闭着眼睛听着窗外哗哗的雨声，闻着空气里飘洒的新鲜土壤的味道，又会觉得："嗯，一切都值了。"

你要明白，有些时候，放弃并不是因为你怕了，你落败了，反而是你更成熟了，你也懂了。

我知道那个人会来，所以我在等。我不再像十几岁那样迫切地想见到他那未知的面孔，而是更想他一步步坚实笃定地迈向我。

嗯，他会来的，未来如是，希望我们每个人，一起挥挥手，往前走。

每个成熟的男人都曾是懵懂的少年

一次次分手和被分手后,我发现了一个亘古不变的真理:只要动心了,那肯定离伤心不远了。

有人说:"终其一生,我们每个人,喜欢了那么多人,但他们是同一种人。"更文艺点的说法是——从此我爱的人都像你。

二十岁之前,我一直很认同这种说法,但后来,我接受了曾经无法忍受的食物——蛋挞,告别了我最喜欢的红豆派后,才明白一个道理,情随事迁。经历得越多,爱好和品位就变得越来越不同。口味也会变化,更何况兴趣点了呢?

老一辈无产阶级恋爱家们教导我们"不要说前任的任何坏话",于是,我在试图总结过往一段段失败的感情时难免力不从心。

和很多人一样,我最大的误区在于认为年龄是衡量一个人是否足够成熟的标志,如今回想,甭提多幼稚了。

我认识过大我五六岁,但依然非常幼稚的男生;也遇见过比我小四五岁,却满眼沧桑、一腔城府的少年。成熟,不但与年龄无关,甚至跟智力水平、学识多少、生活经验、社会地位均无本质关系,它只是个人心智、思维和阅历相互作用的结果。

我很认同一句话:"有人从三岁开始挨骂,长到十七八,你话里带刀都伤不了丝毫;而有的人一辈子被捧在手里,周围全是顺着他的人,等到八十岁被放到社会上,一旦被人白一眼,他的自尊心就会受不了,当时就得死过去。"

幼稚最大的体现就是缺乏基本的经验和逻辑性,换个说法,就是不靠谱。你永远无法用正常逻辑去理解或者推断他的下一步行为,或者,他根本不清楚自己下一步会做什么。如果你想对他托付终身,那就要做好一辈子活在患得患失的忧虑中、一辈子争吵不断的心理准备。

成熟的男人有共性,他们稳当、靠谱,能让人放心,而不成熟的男人,各有各的难以理解。他们往往在情绪上缺乏基本的自控能力,燃点和沸点相当低,爱逞强,好那无谓的面子。他们在明明很微小的事情上,冲动、暴躁,采取过激的处理方式,小事闹大,大事捅上天,给本来就很纷乱的人生平添许多心塞。

当然,不成熟男人也有自己特有的优势,无论哪一种体验,他们都可以制造激情燃烧的岁月。他们可以将无聊的日子过得像恐怖片,将平淡的感情爱得像战争片,将自己的人生作得像喜剧片,未来的规划就像科幻片……

少年的世界，往往只有爱情，他们会为了感情赴汤蹈火，粉身碎骨。少年的感情，往往果敢又明确，爱你就大声表达，想你就马上给你打电话，他们爱得直白，恨得清晰。而成熟的人，他们是隐忍而含蓄的，你搞不懂他们在想什么，猜不透他们是不是不高兴了，他们不会让你马上收到任何情绪的反馈。

如果你缺乏安全感，那和成熟的人在一起，你会更加不安。如果你问我，我偏爱哪种男人？我想说，没有偏爱，没有爱，所以至今一个人。

但如果说想念，我想，我最怀念的，不是那些教我为人处世、帮助我成长的熟男们，恰恰是在我迷茫、困惑、中二岁月中陪伴我左右的男孩子们。他们和我一样的幼稚、肤浅、无知无畏、荒唐、冲动，但是热情、直率、阳光、天真。无论经历再不堪的分手，如今回忆起来，脑海里尽是他们对我的好。

你问我为什么？因为那些年轻的品质是转瞬即逝的。终有一天，他们也会成为那些一肚子城府、喜怒不形于色的大男人，他们也会练就一身的铜墙铁壁，练就一副冷酷心肠。

前些天，无意间遇到了一位少年时的男朋友，他眉眼没变，只是眼角多了几丝细纹，他已经会笑得内敛又疏离。如今，他自己开公司了，通晓世事，知道如何打通官员、如何与工作伙伴相处融洽、如何在酒桌上全身而退、如何灌醉别人顺利拿到投资。他再也不是从前那个抱住我的腰,像小狗一样用鼻子蹭着我肩膀说自己要去和外校人打架的少年了。

我很高兴他终于成长了,终于知道保护自己,不会再被欺负得遍体鳞伤,不会总是落得一身彩了。

可我笑着笑着又很难过,那个憨厚的少年去哪里了呢?嗯,他们都买不起房,买不起车,他们提前死在社会里了。那些幼稚、软弱、依赖、真心,全都死了……忽然觉得蛮残忍的。那些幼稚的人为什么忽然不幼稚了?那些少年,什么时候就变得老成而阴狠了?可能,就是被说他们不成熟的人给改变了。

回家的时候,无意间看到大哥藏在抽屉夹层里的日记本,我刚想拿去笑话他:"三十好几的人了,还天天写日记呢?行啊,小伙,看不出来胡子拉碴的糙汉子,内心还真够文艺的啊。"

然而,看了两页后,我又默默地放回去了。

一个三十好几的男人,心里住着的,永远是那个踢完球后满身臭汗的男孩子,可能每个男人的内心深处,都是孩子。

"我在二十四岁时是个涉世不深的毛头小子,容易发怒,爱打架,喜欢谁心里会一直念着、惦记着。那时候,喜欢一个人,就愿意用生命来换她。"

"喜欢就是玩命地喜欢,茶不思饭不想地喜欢。"

"现在,三十已过,谈过好多场恋爱了,工于心计,历经沉浮,物质上比当年不止强了百倍。可在感情上,却难以全心全意地投入其中了。"

"我怕自己受欺骗，怕别人爱慕自己的财富，遇见拜金的姑娘觉得她轻浮，遇上清纯的姑娘也下意识地退避三舍，生怕她不求别的一心爱我，那我可不好抽身而出，她们比要钱的还麻烦呢……"

"比起现在的我，我更喜欢那个曾经不成熟的我，那个为了见姑娘一面，在女生宿舍楼下苦等一夜的傻子。"

你问我什么是不成熟的男人？

我可以牵你的手吗？我可以送你回家吗？我可以亲你吗？是他们，而不是直接牵起手，走，跟我回家。

你和他们在一起，可能会很累，大概和网络游戏里白金带着青铜开黑的感觉差不多。可是，你要相信，青铜终究会成为白金的，只是那时候，陪伴在他身边的，还会不会是你呢？

生活不仅有眼前的苟且，还有长久的将就

晚上临睡前，忽然有读者问我："朵朵姐，生命中最难熬的日子你是怎么过来的？"

我想了想回复她："抑郁了，直接被打倒。"可能我的回答出乎她的意料，所以，她又引导似的继续发问："可是我才高一啊，就已经是这种心情了。"

"放心，以后你憋屈的日子还会更多，现在不算憋屈，适应了就好了。"

是的，我常给读者灌输的一种观念是：生活中艰难的日子真的有很多很多。别总说自己很惨，其实更惨的日子还在后面等着呢。那一个个坎儿，呦呵，真的是数也数不过来啊。要是你现在遇见一点屁事就能被打倒，那往后的日子还过不过了？

记得一个经典的电影镜头，一个女生失恋了，她跑去化妆品柜台买货，看着展架上琳琅满目的货物，忽然想起她原来的男朋友了，想着想着，眼泪就下来了。售货员冷冷地看着她，面无表情地提醒道："哎，小姐，麻烦你借光，后面在排队哎！"女生很愤怒，大喊着说："你还有没有人性啊！我失恋了哎！"售货员忽然笑了，她说："你回头问问她们，问问她们中间谁没有失过恋。"于是镜头一扫，是一串长长的队伍。队伍中的人高矮胖瘦不等，每个人都面面相觑。是啊，她们全都失恋过，失恋的可不止你一个。

还记得周星驰张牙舞爪喊出的那句"怎么样！是不是要比惨啊！"。人生在世，各有各的艰难，好像真的没有谁比谁更惨。你嫌饭菜不好吃，别人可能还没有饭吃。你嫌住的房子太旧，有人可能还流浪在街头。幸福从来是个比较级，没比较就没差距。

高晓松说过一句很洗脑的话。好吧，你们可能已经知道我要说什么了，就是那句"生活不止眼前的苟且，还有诗和远方"。我一度很迷恋，就会觉得："不行，我得动起来了。我得走，走遍中国，不，不够，中国太束缚我了。我得走遍世界。要是条件允许，老子要走遍宇宙！"

然而，当我真的去了越来越多的城市，去了各种各样的国家，看着交错的街道，看着肤色各异的人群，真正感受到他们的生活后，我忽然觉得远方没有我幻想得那么美好。人们不过是换了一个地方苟且，我们本质上没有任何不同，我们都屈服于生活。

回来之后，我说："生活不仅有眼前的苟且，还有长久的将就。"

我见过一边听摇滚一边编码，手舞足蹈加班到十二点的职员；也见过一边抱怨一边苦等下班的员工。不知道哪个是你眼前的苟且。我见过上车睡觉下车拍照，吃着猪食被关进购物店还要挨骂的旅游团；也见过对着公司盆栽画了一下午的不起眼同事。不知道哪个是你口中的诗和远方。

所以啊，没事儿别吆喝自己惨，总有人比你更困难；也别总惦记着要去什么诗和远方，有些远方去过之后，心里的诗意就没有了。人们常常觉得，没得到和已失去的总是重要的。还有，只有在苟且中才会觉得远方是诗，与其想象远方，不如留着点念想，用力活着。

生命中的一些人生道理，我是在赌桌上学来的

我是个喜欢玩牌但很少玩牌的人，不玩的原因是没有对手太孤独。我知道说自己没有对手挺装的，毕竟我是那种打牌兜底儿的人，用二胖的话讲："只要牌桌上有白雪在，那今天指定是她付账。"可能大家赢我赢得实在于心不忍了，或者是大家嫌赢我完全没有难度，就是给钱也没有那种激情澎湃的感觉了，因此，所有的场次都没有人喊我了，我被牌局抛弃了。

在没有真人陪我打牌的时光里，我开始出没在各个网络游戏大厅。几乎每个深夜里，你都可能会在各种游戏里看到一个孤单的蓝色小海豚头像在闪闪发亮。它可能出没在"欢乐斗地主"里，可能活跃在"二人麻将"里，当然，"QQ 龙珠"我也没少玩，胜率已经达到 –64% 了。

我一直觉得生活是一个很现实的角斗场，工作不好会被人看不起，薪水不好会被人看不起，长得不好会被人看不起，就连说话带着乡音也会被人嘲笑是"乡巴佬"。我觉得不满，可也着实无奈，便开始通过网络弥补自己对生活不满的空白。然而，让我忧伤的是，网络也同样现实。

如果我打得不好，就会被骂；如果我出牌时间太久，也会被骂；就连我常发"你丫牌打得太好了"的赞美也会被骂。为什么呢？因为我的胜率太低，头像太土，欢乐豆太少，常陷入一种没有战友的尴尬窘境，往往是系统体贴地为我匹配到队友，我刚刚按下"准备"键，就发现对方仓皇闪退的黯淡头像。

我很忧伤。

我没钱充值，就想了很多旁门左道。那时候，我发现了一个Bug，可以从淘宝上买欢乐豆，五块钱七十万个欢乐豆，可比充值实惠多了。于是，我乐此不疲地陷入充值欢乐豆的旋涡。可后来我发觉，突如其来的七十万个欢乐豆并不会让我在游戏中多蹦跶一会儿，也不能带给我更多欢乐。

为什么？贪婪。人有七十万豆的时候，就不会满足于几十豆、几百豆的场儿。我们总想要更多。再说，凡是轻而易举得到的、原本不属于自己的东西，人就不会过于珍惜，久贫乍富，更容易迷失自我。

我拿着七十万豆，满心欢愉地冲进了五十万场，然后……依然只能玩一小会儿，并且那一场下来，我输了更多，游戏豆变成了负数,即使系统每天发两千豆也不能补全。

好吧,既然玩不了,我就百无聊赖地打开了附近一个胜率很高、带着各种钻的玩家对话,很不要脸地讲:"哎,你要不要赠送我一些欢乐豆?"

其实,我真心没想过他会回复我,可他很快就回复了:"要多少?"

"五百万豆。"

"加好友。"

是的,他真的给我充值了五百万豆,还是在QQ游戏里直接充值的那种,没淘宝。

如果我是因为寂寞,那他大概比我还空虚无聊。我想逗逗他,就说:"既然你都给我充值了,我总得报答你点儿什么。"

他说:"要是玩游戏,你可打不过我,别玩这个了,五百万也不够你输。"

"那我陪你聊聊天吧,算是寂寞夜里的情感倾诉。"

他犹豫了一下,回:"好。"

他问我:"你是男是女?多大岁数?"

我回:"男的,Gay(同性恋),今年十七岁。"

他发来一个狂汗的表情,说:"明天你不用上课?怎么还在玩游戏?"

我说:"老公跟人家跑了,心情不好。对了,我不念书很久了,现在在一家餐馆打工,刚刚才刷好碗。"

聊天框显示他正在输入，然而，最后他只发过来一堆省略号，显然表示很无语。

我问："哥，你是不是打牌打得很好？"

"还好吧，只是玩的时间长。"

"你能不能帮我刷胜率？"

"……"继一串省略号之后，他说自己实在累了，我要是想玩，他借自己的号给我。

"你不怕我骗你，卖了你的号？"

"那就当我今天走路摔跟头了。"一说完，他就发了账号密码给我。

那天，我还是没上他的游戏号，只是觉得，真的遇上一个好人啊，他也真傻啊。

很久之后的一个晚上，我一如既往地睡不着，忽然想起了欢乐豆大哥，就查找了一下QQ号，加成了微信好友。

他问我是谁，我发过去一条消息："哥，还打斗地主吗？五百万豆还没输光呢。"

他回复一个大笑的表情："原来是你。"

那天晚上，我们聊了很多很多，我问他为什么要借号给一个陌生人，他说："你瞎编的那些内容，倒是和我挺像。"

"你也是 Gay？"

他说他也是上学上到一半就没去，最难的时候也在小饭馆里刷碗到凌晨。我没想过他忽然那么悲伤，一时间不知道怎么答复，就说了一句"噢"。

不如,就称那个男人为大哥吧。我不知大哥具体多少岁,他没主动说过,我也没问。可大哥之所以为大哥,不是因为年龄,而是因为他教会了我很多。

认识半年后,我才知道大哥是做地下赌场的,我问他:"你为啥不找个正经工作?"

"从小家里就是开麻将馆的,耳濡目染,天赋异禀,优势条件不用就可惜了。"大哥说,自己小时候的数学是在牌桌上学会的,两个二万就是四,四筒加三筒等于七。二的次方更是烂熟于心,两个四个八个,十六,三十二,六十四,一百二十八,二百五十六,金顶!给钱给钱。

"那你技术应该很好。"

他说:"可能现在很少有人能玩得过我,术业有专攻,我从十五六岁开始研究这个,到现在都快二十年了,就是再蠢也轻车熟路了。"

哦,大哥快四十了。

大哥的场子在三楼,一楼是一家便利店,二楼是普通住户,他的地方说隐蔽也不算隐蔽,但是不知道的人,从楼下路过二百个回合也不知道还能上去。每次进场的时候,大哥总不厌其烦地嘱咐我:"只看,别玩。"

"行。"

其实，我骗了大哥一件事，即使他让我玩，我也不会玩。

我除了在网上斗斗地主，玩玩德州扑克，还托别人的福去过一趟拉斯维加斯外，对赌博一窍不通。我告诉他的那些话，就像最开始编造出来的十七岁辍学男生一样，全是我随口胡诌的谎。我奇怪的自尊心让我觉得说实话会很没面子很跌份儿，就不想表现得没见过世面，没混过社会，总想装得风尘一点，装出混过玩过、赌博完全不算啥的样子。

大哥看我愣愣的，好奇地站在一张桌子前盯着，就讲道："桌上是轮盘，赌场最经典的玩法之一。你别小看这个。转盘的赔率很高，如果算对了停下来的数字，一赔三十五，就是押一万，赚三十五万，整个过程也就几十秒的事情。"

我特吃惊："那一天的流水得好几十万吧？"

大哥说："一天就有人输上好几十万，你看看场子里有多少人。"

我一边听着大哥的话，一边看着旁边桌上的斗地主，四分钟输了三万。

我忽然问大哥："为什么你不在赌场里玩牌，反而去网上斗地主？刺激性明显不同啊，而且你技术那么好，没理由不赢钱啊。"

大哥说："要知道，赌博是永远赢不了的。"

我一边看着他们揭牌推筹码，一边小声嘀咕着："真有钱啊，也太有钱了。"一个穿着女仆装的歇班荷官说："看起来一块儿坐着，但是有人兜里揣着很多钱，有人肩上背着很多钱（欠债）。"

我问："明知道赢不了，为啥还要赌？"

荷官神情疲惫地说："心瘾，贪。"

我和大哥关系很近的一年里，见识了赌场上的人生百态。突然发现大多数人从来没有真正了解过充斥在我们身边的魔鬼。没有任何一个赌徒，是天生的。大家一步步地往里走，越走越深，越走脚步越重，然后深陷其中。初涉赌场的时候，大家心中十分警惕，总是小心翼翼地下注，以娱乐为主，看过几千块的输赢就会收手。可最怕的就是忽然赢了一局大的，那比输了十局小的要可怕一万倍。

实质上，我在大哥的场子里待了不到一年，按理说，很少有赌徒一年输光所有的钱，但老曹是个例外，他是我在场子里最熟悉的客人。

老曹是一个个子不高、矮矮胖胖、戴着眼镜的中年男人，习惯穿着一身 BOY（BOY LONDONT 英伦服饰品牌）的卫衣，也和很多东北大哥一样，爱戴金链子。尽管老曹穿得比较后现代，但他挺仗义，起码对我好，每次看见我，就会特意下楼从一楼超市买点儿零食拿上来。而我，见证了他从无到有，再失无所失的全部过程。

老曹给自己的财富按下了八倍快进键。最开始，他是陪朋友来的，因为闲着也是闲着，就换了五千的筹码上了桌，但运气特好，上手就赢了两万。老曹也没贪，高高兴兴地拿着钱就走了。

第二次，老曹是一个人来的，他给自己定了两万块的目标，赢够两万就走。于是，他轻车熟路地换了五千的筹码，输，又拿出了三千块继续换，又输，最后就剩下一千两百块了。老曹开始着急也有点儿动摇，既想走，又舍不得，怕输掉更多，又惦记着万一下次赢回来了呢。

赌博的人知道，赌桌讲风水，而风水轮流转，久输必赢，常赢必输。老曹总惦记着可能要转运了。直到最后七百的时候，大满贯，庄家胜。老曹一下子赢了四万六千块。说到做到，他拿着钱就离开了。

看起来，老曹和第一次来时没有任何区别，但实际上，他已经发生了改变，他的注码越来越大了。你知道，当他输了一万，很想赢回来的时候，就必须提高投注额。后来，老曹积累了很多输一万赢四万、输十万赢十五万的经验，它们似乎对赌博没什么用，但它们会像毒瘾一样，埋伏着，累积着，直到彻底毁灭一个赌徒。

经验总是暗暗告诉赌徒，所有事会有转折的余地，哪怕输了五百万，只要继续玩，一定会有赢回一千万的那一天！经验促使人坚持到底，哪怕是最后一个筹码，也一定要押上去，因为那是希望，是赢回所有的希望。

后来，我再没见过老曹。听人讲，老曹欠了一大笔钱，大哥也借给他很多，利滚利，实在还不上了就被迫卖了家里的房子，媳妇也和他离了婚，每天上门要债的人一群又一群，生活过得要多惨有多惨。

不久，我也走了，大哥被移入了黑名单。其实大哥没对不起我什么，只是我知道我不能再和他靠近了。

大哥不赌博，也一直告诉我千万别碰赌。那时候，他交给我一套斗地主心得，说以后闲暇的时候上网玩玩单机就行了。心得太多，我记性不好，也没记住多少，却牢牢背下了一句话。

"人生路上得有自知之明，斗地主的时候你总会碰见一种人，那就是他不管拿着什么牌，他总会叫地主。实际上，他是负多胜少的。尽管斗地主只是一种游戏，但叫地主体现了一种心态，那是一种死磕到底，不管不顾的幼稚。

"人走一辈子，一定要先看清楚自己手里抓的是什么牌，要知道自己几斤几两，千万别逞能，别好胜。如果你很强大，那就征服世界无限翻倍；如果你很弱小，那就征服自己，弃牌重新开局。千万别盲目，否则，只会输得更惨。"

我想，我手上的牌不足以叫大哥的三分地主，所以，我必须得离开。

你问我什么是长大

我和王老四恋爱的时候，总问他："你爱不爱我？"

他一次次地回答："爱，特爱，老爱你了。"

一开始，老套的对话还能应付我，可时间长了，我就有点不买账了，总感觉他太敷衍。

于是，我就升级了问题，问他："那么多姑娘，为什么你就偏偏爱我呢？两只眼睛一个鼻子的，我也没啥特别之处啊？"

他看着我，深情款款地说："你浪。"

我狠揍他："你滚！"

有一次，他喝多了，话格外密，絮絮叨叨地说个没完没了，我完全无法喊停，就又借机问他同样的问题，他回答得很走心："那时候，刚认识你，其实没什么特别的感觉。只是觉得你长得好看，不适合走心，留不住，握不紧。后来，那天你做了一个动作，和我说了一句话，一下子就让我心里柔软了起来，觉得好喜欢你，就开始死乞白赖地追你了。"

我问："啥动作，我说啥了？"

他醉眼迷离地问我："你不记得？"

"我干过的事儿多了，话更是一天说六百句，哪知道到底是哪一句！给点提示。"

他继续含糊："其实啊，那句话很普通，很平常，也很质朴。动作更和暧昧、挑逗无关，只是会让男人觉得，你很靠谱，会想和你过一生。"一说完，王老四就睡着了，然后，那句话、那个动作他再也没提过，我至今也不知道自己到底是做了或是说了什么。

我知道，那句话、那个举动一定是不经意流露的，毫无表演和做作，简单到我完全没去特别记忆。同样地，他打动我的地方，也是他所理解不了的真情片刻。

那可能是同一种特质，叫作"温柔"，或者是一种独到的韵味，是一种历经铅华但深藏棱角的气质。

黎姐是包括王老四在内的众多男性极度欣赏的女性，她比我年长十九岁。我很尊重她，欣赏她，并钦佩她。

黎姐的家庭生活很幸福，夫妻恩爱，儿子聪明懂事，家庭观念民主开放，凡事三个人一起表决。三个家伙经常像群居的小动物一样，在沙发上拱在一起，黏在一起，令人艳羡。

有段日子，她家遇到困难，面临一场复杂且前路不明的经济官司。我曾在那段时间跟着家里人去她家做过一次客。夫妻二人的情绪相当低落，平日里整洁的家也显得脏乱暗淡起来……尽管他们说话不多，言语里处处是小心和躲藏的落寞，但我清楚，如果官司赢不了，他们目前的所有家当可能会付诸东流，包括儿子早已计划好的出国念书，也会陷入漫长无期的停滞。

众人聊到极困难处，黎姐忽然打住讲述，问她的丈夫要了支烟……她平时是不抽烟的，我也完全没想到她会抽，而且抽烟的姿势相当独特。每吸一口，她的身体都会很沉醉地轻轻颤动一下，她还会故意把烟雾吹散，像是要把什么厚重的东西变得轻描淡写似的，还会用气把烧尽的烟灰从烟头上吹下来，吹散到空气里，让烟灰乱飞……

她的丈夫在一旁跟我们解释道：“我俩相识的那年，她父亲官职被撤，进了监狱，家境一落千丈。我就看到她抽烟抽了一整天，那时，就觉得自己一定要追到她……"

他说，那个封闭传统的时代，一个女孩儿动不动就抽烟，那就是不良和叛逆，是故意和传统思想对着干，是一种偏激。但她能把烟抽到那个份儿上，简直就是个直面生活的斗士。

她很真实，坚持做自己想做的，没有被世俗的眼光浸染……

那个瞬间，我想我能明白眼前两位性情古怪的夫妻是怎么走到一起的了，也明白了自己为何和他们如此投缘……

～～～～～～～～～～～～～～～～～～～～～～～～～～

女人永远是女人，每个月会流血，会孕育，会感性，会哭泣。

可能抬不动太重的东西，够不着太高的柜箱。而令人难忘的，往往是一直温柔却不缺性格、不少棱角的姑娘。我想起初中的时候，老师曾向全班缓缓地讲："如果你越来越冷漠，你以为你成长了，但其实没有。长大应该是变温柔，对全世界温柔。你有你的棱角，但你知道什么是柔软。"

Chapter 5
我是你漫漫人生中,只配错过的好人

他送了我一只捡来的野猫,
那是只怎么养都养不温顺的猫,
我手上腿上脸上全是它留下的抓痕和牙印,
每到深夜,
它才会安静地蜷缩在我的身旁入眠。
愿你找到一只好猫。

要走的人，谁也留不下

道理我们全懂，只是事情到了自己身上，就总会抱有一丝侥幸心理，时不时地想："也许，我就是那个例外呢。"

于是，分开的时候，没在一起的时候，没有爱到一个人的时候，大概很多人会为自己的错而自责。是自己感情没表达清楚，是忍耐力不够强，还是自己不够漂亮、不够帅气、不够有钱？

一旦想多了，就会开始后悔，如果时光倒流，要在你还看着我的时候，就做很多自己想做的事情，反正最后要分开，那个时候就应该尽己所想。

我要在你还和我在一起的时候，大胆面对你，让你记得抱抱我，而不是装作冷漠的样子。

我要在你还看着我的时候，勇敢直视你，管你要亲亲。

我要在你还想着我的时候，多和你闹闹，多开两句玩笑，而不是小心翼翼。

我要在你牵挂我的时候，用尽自己的万种风情，而不是害羞腼腆。

我要在你还陪着我的时候，拉你的手，吻你的脸，要拥抱你，对你做自己可以做的所有。

我要在你运动后给你擦汗递水，你累了给你肩膀靠靠，要洗干净你的臭袜子和衣服。

我要学会做你最爱吃的菜、最爱喝的汤，要陪你一起吃路边摊、大排档。

我要和你一起去你想去的地方，玩你想玩的游戏。

……

我要拿出真心，而不是掩饰内心。

我知道，我害羞腼腆，该说的话说不出口，想做的事不敢去做，我假装冷漠，隐藏心事，装作无所谓、不在意……早知道你会离开我，我就应该抓紧时间做完所有事。

可那个时候，我们以为，自己和那个人还有很多时间，多到足够让我们释放慢热，敞开心扉。那个人走后，一切成了遗憾，自己不禁反思，如果自己不那么小心翼翼，是不是，那个人就不会走了？

我们认为，是自己的错，要是早一点，要是早一步。似乎只要我们那样做了，结局就会不同。那样一来，我们似乎可以安慰安慰自己。

我们大概以为,那个不太爱和你说话、搭讪,回复留言要好半天,不冷不热的人,和自己是有感情基础的,却不知那其实是拒绝的另一种方式。原来,那些不理不睬,就是在告诉你,我不爱你。

人,是对感情那么敏锐的高级动物,怎么可能不知道你那明显的爱意?

我不是不清楚你对我的好,不明白你对我的喜欢,我只是不想清楚,装不清楚。

你以为,那是拒绝的最好方式。可沉醉在感情里的人,恨不得抓住每一丝机会。你一句话,她就会高兴到旋转跳跃,她怎么会懂?

不喜欢你的人离开,可以有千万种理由,而爱你的人留下,理由就只有一句爱你。别等了,那个人真的不喜欢你,就像你不喜欢另一个他一样。

我相信，轻仇必寡恩

那天，难得坐了一次火车硬座，倒是有卧铺票的，但我没买，原因是觉得自己日子过得一天不赶一天了，越来越颓，以前还能读点书，现在看书的时间越来越少了。细细地想，不仅静不下心来，还总会给自己编各种各样的借口。火车硬座能迫使我保持坐立状态，我可以看书了。

终于决定积极向上一把，可拿着车票坐定一看，才发现对面坐着我高中时最烦的一个小伙子，当年他和他的小对象可没少折腾我，就因为他们的胡搅蛮缠，我在晚上哭过好多次。当时瞻前顾后，顾虑太多，当然，说穿了是胆小怕事，就受了不少窝囊气。

那些我不喜欢的人，过了五六年我还是不喜欢，不知道算不算是立场坚定、看人不偏，还是几年来我没有什么长进。我发朋友圈说："我一直以为自己足够成熟了，直到坐车发现我斜对面是我高中时特烦的一个人,还是很想冲过去打他。"

好多人回复说他们也是,和年龄没关系,多大岁数也有个爱恨情仇,就算时间可以冲淡一切,但可从没有人说时间能抹平一切的。然而,评论里还有一拨人,说我忒小气,多少年的事了啊,还惦记着,太没劲,计较。

嘿,我一听,小暴脾气就上来了,非得较真儿地掰扯明白。

前一阵儿,郭德纲发了一条微博,大概意思是说多年以前你不帮我,见死不救,如今又开始站在道德高地上指责我袖手旁观。现在时代变了,十年河东十年河西,我说了算了。

当然,我在好友上限五千人的微信里发条朋友圈也会被指责一顿,郭德纲更别想跑,网上骂他的人比比皆是。大家说老郭一贯小肚鸡肠,现在又因为一件事记恨人家十多年,男人小气,真失败。

郭德纲不受气,又发了另一条微博回应,意思是,我就是不原谅,我就是小心眼!

其实,我挺认同郭德纲的,觉得那才是一个爷们的气性。

"那些不知道你经历了什么,就一味告诉你要宽容、要释怀、要大度的人,最好离他们远点,不然老天降雷劈他们的时候,你在身边容易遭连累。"真的,一点没错儿。

什么是宽容?我不太懂它的大众含义,只是从小就听过一句"轻仇必定寡恩",意思是将仇恨看得很轻的人,对别人的恩情,也会看得很轻。反过来说,容易记住仇恨,也容易感恩。那些越是对自己身陷困境记忆深刻的人，越会牢记是谁在那时雪中送炭，又是谁在那刻墙倒众人推。

郭德纲不容易，刚和媳妇王惠结婚的时候很落魄，离了婚还带着个孩子，那时候的王惠，在天津已经算个角儿了，所以在一定层面上，老郭属于活在媳妇背后的男人。然而，多年以后，郭德纲已经是事业有成，名声大振，人到中年又喜得贵子。要是照明星们的婚姻规律，应该换个媳妇了，但留在他身边的，还是王惠。有着同样经历的，还有梁家辉、李安、周华健，他们最无力的时候，得到了妻子的扶持、陪伴，十年河东十年河西，风水轮流转，努力加机遇，他们火了。然而，他们无一例外，还是爱妻常年如一日。

老郭骂过不少同行，当面的、隔空的、微博传话的、声东击西的，不少人被他或直接或间接地讽刺过。然而，对于侯耀文，他始终毕恭毕敬，走到哪里也口口声声说那是他一辈子的老师。当年郭德纲闯荡京城，无依无靠，是侯耀文收留了他，想方设法地给他安置了一个工作，捧他、夸他，努力为他争取表演的机会。正是侯耀文，成就了郭德纲。很多人火了，就很抗拒从前的艰辛岁月，总觉得低人一头，但郭德纲从来不，时隔多年，说起侯耀文，还是满心感激，语调激动。

侯耀文下葬那天，郭德纲率德云社主要弟子为师父送行。后来他曾在采访中声音哽咽地说："那感觉，像是自己的父亲走了。"他把师父给予自己的爱，传承给了徒弟岳云鹏。小岳岳是穷人家的孩子,十五岁就跑去餐馆当服务员,错算了两瓶啤酒钱,被客人当众骂了三个多小时,导致年幼的他被开除,在全体员工面前任老板辱骂。说起那段往事,一向老实憨厚的小岳岳目光坚毅地说:"我还是恨他,到现在,我也恨他。"

  做人就该爱恨分明,待自己好的人,竭尽全力地回报他,而待自己不好的人,也要永远记住。我们得明白,当时是因为自己的无能和软弱才会受到如此欺凌,不报复他,但永远也别随便说原谅他。

  世道险恶,留给平凡人的路并不算好走。一路走来,我们谁都受过无数白眼、挖苦和嘲笑,那是他们对你我的刻薄,他们在你最脆弱的时候又狠狠地刺了你一刀。那种心酸,很难和没经历过的人讲。

  "一旦下雨,路上就会充满泥泞,我们每个人都得跨过去,我也只有一条命。"满是沼泽的路,已经很难走了,可如果,你还要踩我一脚,别人觉得无关痛痒,可实则已使我遍体鳞伤,甚至可能从此一蹶不振。

  我可以不以你对我的方式回应你,我没有那么多时间,也没有那份心。可是,我要告诉你,我永远不会说自己忘了寒冷中的那一把刀、泥泞中的一只脚。你说我小气也好,吝啬也罢,正是你的挖苦和冷笑,我才发誓一定要过得好。

男人的前任,都顽强地生长在现女友心上

据说,女孩圈子里,除了妈妈外,最关心你的两个女人就是,前男友的现女友和现男友的前女友。她们为了知道你的动态,真的是能干出各种奇葩事儿。我们每个人扮演着被窥探的角色,当然,也毫不例外地窥探过别人。

前一阵儿,司司要谈恋爱的时候,每天雷打不动的一个项目就是,翻未来男朋友的前女朋友微博,还坚持了好久。曾经咬牙跺脚花大钱从网上买的宣称"二十八天还你魔鬼身材"的减肥操视频,她也就跟着做了五天。然后,瑜伽毯就被她卷起来放在阳台上,再也没打开过。

她看那个姑娘的微博,每次还是用户查找的方式。那个姑娘微博名还挺复杂,也不是什么红人,就比较难找,要搜索好一会儿。

我劝她说:"你直接关注,不就完事了吗?多方便啊。天天搜,每次搜完还清空记录,多累啊。"

"不要,我要暗中监视着她,不能让她知道,不然那个贱女人会开心的。"

我一阵无语……人家认识你是谁啊,真把自己当个干部了啊,而且看了有啥用啊,俩人黄都黄了,你有精力还不如好好捯饬捯饬自己。

司司又说:"知己知彼,才能百战不殆。我得掌握她的第一手动态,明白我俩的差异在哪儿,看她比我强在哪里,我又比她好在哪里。仔细分析才能知道男朋友的喜好和厌恶。还能监督他们有没有藕断丝连,到底俩人好了多久,发展到了哪一步,又因为什么分开的。"

我看着她在一旁仔细地加载每一张微博大图,鬼鬼祟祟地放大,还一点点对比,然后看评论,再点开评论者的头像……真是哭笑不得。我说那你为啥不当面问你男朋友?她说你知道的,男人很抗拒说之前的事儿。但越是隐藏的越是含着猫腻,她必须发掘出来。不然,等到哪天他们真的爱到死去活来了,陈年旧事又冷不丁地蹦出来狠狠刺她一下,犯不上。

我只能保持微笑,专心喝我的咖啡。

她放大了姑娘的每一张图片,聚精会神地分析着:"你看她是不是开过眼角,感觉眼睛不自然呢。""说不定她下巴也是垫的,不然怎么那么尖?""哎哎哎,你过来看,她搔首弄姿的样儿,真恶心。""她二月份在三亚,我男朋友二月份也在,王八蛋,还骗我说好几年没恋爱过了,被我发现了吧!当时他俩指定在一起呢,你看这背景，啧啧啧，一样样儿的。"

我抢过手机："你累不累，每天像名侦探柯南似的，每天破案心里不堵啊。"

她一脸委屈："我也难受，但是我没底气，我不知道怎么能留住他，而且，我也不知道他的过去究竟是什么样的。我只有吸取所有人失败的经验教训后，才能摸透他的本性，当面拆穿他撒的一个个谎。"

"你真的想拆穿他吗？"

她犹豫了一下，说不想，她也不想知道，一点也不想。每次一想到那些甜蜜的话和浪漫的事，他也曾经为别人做过，自己心里就跟针扎了一样难受。可她没办法，她控制不住自己，总想打听，总想问问。

时间和心思放在哪里，所有人是看得见的。司司没白费心，几乎顺利发掘出了男生的所有前任，甚至能清晰喊出暧昧对象的名字。就算是做到真正的知己知彼了，下一步应该与子携手，共度终生了对不对？可惜，他们分开了。

司司说无法接受自己的男朋友玩命儿地爱过别人。他很深情，但不是对她，或者说，不是只对她。她说她要的是独一无二的关怀和爱，还套用我以前写的一句话回复男朋友："给别人的东西就别再给我了，太多人有的，我就不想要了。"

两人分手的时候，她拿出自己的小本子，数家常似的摆出男孩的一段段感情，哭诉原来他不仅对自己好，对别人也不赖，越哭越伤心，觉得男生对不起她。一开始，男生不断道歉，解释，后来看她咄咄逼人地哭久了，慢慢由愧疚转为不屑了。再后来，表情中还带着更多的反感。

他说："你没有过去是吗？你是处女，还是我是你的初恋？你没和别人好过，没对别人好过是吗？"男朋友的态度超出了她的想象，她以为他会苦苦哀求留她，然而男朋友说的话又让她哑口无言。

男生又说："你知道我为什么从来不问你的过去吗？我一点儿也不想知道。我不想知道，谁曾经玩命似的爱过你，谁曾经说要娶你，不想知道你为谁哭了一宿又一宿，也不想知道你身上文身的含义。我还告诉你，我不是不想知道，我是怕，我怕知道以后，我幻想出来的人会压垮我，压塌我们的感情。

"我二十七了，眼看着'奔三'了。我说我曾经的生活是一张白纸，没出现过任何姑娘，没想过结婚，明显一堆鬼话，你信吗？我们曾经被人玩命地爱过，也声嘶力竭地爱过别人，但还是因为各种原因没能和他们在一起。坎坎坷坷一路走来，咱俩好上了，对彼此很忠诚，那还计较那么多从前干什么呢？你和我好，我和你好，难道还不够吗？为什么还要抓住过去不放呢？有任何实际意义吗？"

男生的态度不仅超出了司司的想象，我也被震惊了。没承想，他一下子就反客为主了，而且说得句句在理，说得我们目瞪口呆，不知道怎么还击。最后，他们还是分开了。我是司司的朋友，自然也和那个男生断了联系，只是他的话一直在我的脑海中盘旋，我想，那可能就是男女的思想差异吧。

每次恋爱，我们都会迫不及待、想方设法地研究那个人的恋爱史，想知道他们做了什么事，希望自己就是最特别的一个，希望他给自己的所有感情和经历都是崭新的。而男生，几乎不会开口追问，他们也想知道，但他们忍住不问。没错，他们更理性。知道太多并不会有什么好结果，甚至自己明明不想知道，为什么还非要咄咄逼人地追问呢？

我们爱了太多的人，自己也满身伤痕，一颗饱满的心也被生命中的过客糟蹋个稀巴烂，即使日后恢复重组，也难免留下斑斑血痕。我们知道自己就是一个不完整的人，所以，我们期待一个全新的人。我们希望他没有任何过去，希望他单纯得就像一张白纸，任自己随意泼墨挥洒。我们还希望他为人谨慎，处世周全，可我们忘了，成熟稳重是磨出来的，差一点经历也不行。

我们常会因为男朋友的过往而咆哮，发脾气，可我们忘了，人生分出场次序，而我们，是后来的那个。男生们和我们一样，经历了很多错的人，爱了很多不值得的人，流血的伤口被磨成了茧子，又被抛光。他们学会了怎样去呵护珍惜一个人，带着已经是成品的自己，深情款款地走到了我们身边。我们贪婪地享受着他如今的体贴，又霸道地要求他天生完美，还忽略了自己的所有残缺。

我们总是爱不长久，想要的东西太多了，没有止境。可能前任早已经死在了他们心里，连影子也没留下。我们的不断追问、研究，却在一遍遍强调他们的过去，一次次唤醒他们对于曾经的种种记忆。我们总是拿他们曾经的美好声嘶力竭，勾起他们的怀念，而对比的是，面前我们的狰狞。真的，很蠢，可我们浑然不觉。

前女友总是活在现任女友的心里，挥之不去。可生命本来就是一场你来我往的经历，谁的新欢不曾是别人的旧爱呢？！我们也曾经幻想过自己和另一个人携手终生啊，你看，往事不可追。

我们究竟是怎么作跑了男朋友的？可能就是我们要求他处处完美，心思玲珑剔透，澄澈如水，可却忘了自己千疮百孔的内心。我们缺乏的，是对另一半最基本的信任，可实际上，他可以有一万种过去，只要他现在全心待你，那你就胜过了之前的一万个姑娘给他的回忆，我们不怕成为第一万零一。

你对我是特别的，我也是真的被你爱过的，哪怕没结果，那也足够了。

别拿老眼光看人，也别用过去的感情衡量伴侣是否坚贞。他爱你，忠于你，之前你没出现时发生的事儿，就听我的，不提了。

所有的渣，无外乎四个字：情浅言深

我不喜欢"渣男""绿茶婊"一类的词语，总觉得太没水准，说出来既伤人又掉价，但不得不承认，不是每个男人都值得爱的，也不是所有姑娘都值得同情。

身边有个妞儿，之前的男朋友回来找她了，就在她最难过伤心的时候，像是一道光，忽然降临到她的身旁。男生说了很多好听的话，做了不少暧昧的事儿，人说浪子回头金不换，姑娘也相信了。

她以为人生充满了因果轮回，男生兜兜转转绕了一大圈，终于明白，还是自己最好。她以为那就是人生真爱了，上苍总是会在冥冥之中指引两个本该紧拥的人抱在一起，她以为那就是 Mr.Right 了。最起码，既然他回来了，就是愿意和好，是想和她共度余生。

姑娘自然而然地宽衣解带，两个人同居了，还一起合影发朋友圈告诉全世界两个人和好了。

可是睡了几次后,男生说:"宝贝,咱俩不适合。之前的事儿,你就当我喝多了,一夜情了吧。"

姑娘一下子就傻眼了,她泪眼蒙眬又声嘶力竭地喊着说:"你告诉我,我到底算什么?"

男孩云淡风轻,随手点上一支烟:"诶,你没意思了啊。以前又不是没睡过,你至于吗?而且咱们已经分手很久了,就算是老朋友重逢再相遇,谁也没控制好,一起犯了个错,你不用这么较真儿吧?"

姑娘说:"我爸妈也知道咱们和好的事儿了,你现在是什么意思?"

男生装作很无辜很委屈地说:"你都多大人了,怎么还什么事儿都告诉你爸妈?而且我从始至终也没说过一句咱们和好了,你是我女朋友了啊,是你自己一厢情愿自以为是的,和我有什么关系呢?"

姑娘心如刀绞,含着泪冷笑着问:"呵呵,就是睡前任吗?我就是免费被睡的那个,是吗?"

男生吐了一口烟雾,一下子就坐起来了:"怎么的,你还准备要点钱啊?早说啊,给你,呵,没承想,你现在堕落了啊?"说完从钱包里拿出来两百块钱,还一副自己瞎了眼、痛心疾首的样子,愤愤不平地拍了钱,夺门而出。

……

姑娘独自坐在空荡的房间里,一声不发地落泪,看着自己前两天发的朋友圈照片和男生点的赞,觉得自己是个傻子,再看看桌面上那两百块钱,哭得不能自已。

尽管平日里我并不喜欢她,生活上也鲜有交集,但是听完还是为她不平,太过分了,凭什么啊?!作为女性,我们真的不懂为什么有些男生喜欢睡前任?什么心态?人渣!畜生啊?但是身边的男性朋友们好像对此比较理解,甚至一些人更是光明正大地表态,自己也干过不止一次啊,无可厚非。

他们的想法是:还是熟悉的味道,还是原来的配方,也就是节省了精力和时间啊,两句话安抚安抚自动就宽衣解带了,成本多低,回报率多高啊。最重要的,反正是别人的妞儿,不睡白不睡,白睡谁不睡啊?

"老客户的二次开发,总要比开发新客户容易得多吧?"身边一个软件开发师精简地回答了我。

我竟然无言以对,好一阵儿,才问:"对于那些男生来说,是不是前任也没关系,重要的是能睡,是吗?"

他满意地点点头,说:"你终于是开窍了。"

"就没点儿感情成分在里面吗?"

"有啊,肯定有,自己的设备,用久了还是会念旧的啊,所以定时回味一下,也是情深义重的表现。"

"你可真不要脸。"

"我说了很多男人的真实想法。"

"你就没觉得那些姑娘是真的爱你才原谅你接纳你?你就没点

愧疚？"

"诶，感情嘛，勉强不来的啊。"

我觉得已经没有什么对话的必要了，愤然离席，决定以后再也不见面了，人品太低下！

两三天后，那个男生又把我微信加了回来。他很无语："我就是说了一些人在做却不敢说的话，你就接受不了了吗？我怎么你了啊？"我想想，确实也无力反驳。他好像确实在理，也没怎么我，可我就是硌硬，就是想拉黑他！

于是，我们的对话再次终结。我用牺牲了一个微信好友的方式知道了那些男生内心的真实想法：性和爱根本就不是一回事，身体是身体，精神是精神。我回头睡你并不代表我就是喜欢你，惦记你，心里放不下你；你让我睡，还不是因为我魅力大，你放不开，舍不得，还想着我啊？你情我愿的事儿和人品有一分钱关系吗？你不愿意可以说啊，我又不勉强，可你最后不还是接受了嘛？怎么能全怪我呢？

男生不明白的是，大多数女孩认为，性和爱是分不开的。女孩们总会觉得，我一定是他心里最特别的那一个，他回来找我，就是证明还爱我。

双方对峙后的结局就是，百无一用是深情，不屑一顾最相思。

女孩哭得声嘶力竭，男生觉得姑娘无聊透顶。

一开始，我觉得挺可气的，应该把那些渣男千刀万剐执行宫刑，让他们从此站不起来。

可静下来好好想想，也不能一边倒，全怪男的。什么事儿要辩证地思考，站在不同的立场去看，否则，无法全面，也不能公正。

女人有两种，假正经和假不正经，假正经的女人招人烦，假不正经的女人招人爱。

我们明明是假不正经的女孩，却总是硬着头皮装出一副假正经的样子。要我说，知道你自己是会将性和情感联系在一起的人，就别在没情感的时候一甩手把性撂在脑后。男人的想法和女人不一样，自己是姑娘就应该明白，一些男人不是吃着碗里的惦记着锅里的，他们想的是直接抱着锅吃该有多省心。

一般男人不会和头一次约会就上床、分手后两句话不到就脱衣的女人白头到老，没错，他们喜欢具有万千风情的女人，但并不喜欢具备风情属性的妻子。所以，女孩们要记住一点，要想暧昧就得勒紧裤腰带，无论现在社会多开放，但绝大多数男人的内心还是喜欢找一个端庄娴雅的女人共度余生的。别怕自己嫁不出去就宽衣解带，你讨好不了任何人，碰上极品渣男，再讲一堆风凉话，说你生性浪荡，不检点，任凭哪个小姑娘都受不了。

流言有一千分贝，足以震耳欲聋。

别担心婚姻，一辈子不嫁也没事，只要不耽误生活，你还是高贵女人一个。

渣男们的共同点是：先把好话说尽，再把坏事做绝。当然，当你察觉时,已经来不及了。

所有的渣无外乎四个字:情浅言深。

女孩们,请擦亮眼睛,你开放可以,可前提是你不要吃亏。别做那些让自己后悔的事儿,别在一个坑里摔两回。

至于如何鉴别渣男?一定要记住,如果周围的人全觉得他人不错,但你眼里的他很傻 x,那他十之八九是真心喜欢你;如果周围的人全觉得他不值得交,纯傻 x,但你眼里的他完美无缺,对你真好,那他十之八九就是渣男了。

以上所言,周围人的案例中,无一例外。

我不是等你玩够了回来，还会给你开门的人

据说，男女分手后，和好的概率高达百分之七十，可最后能走到一起的概率只有百分之三，更可怕的数据是，那百分之七十的和好人群中，有百分之九十八的人会在半年内再次分手。真挺让人尴尬和难过的，我们爱了那么久，折腾了那么多回合，可最后还是一拍两散。

人们说"好马不吃回头草"，新入手的设备与自己的磨合程度肯定不如旧家伙什顺手。就像《志明与春娇》里张志明说的那样，人与人相处久了是会有感情的，所以，我们难免会和分开的前任再次复合。

一旦种下了感情，后续的火苗就很难扑灭了，像是扔飞镖，可能随着时间推移，心上那个洞会被磨得越来越平，恢复得越来越小。但是，永远不会回归到最初没受过伤害的光滑和完整了。

我们总试图补上心里那个洞，所以我们成了那百分之七十，可我们永远补不上，圆满不了，后来，我们又成了那百分之九十八。

王力宏的一首歌里唱道："情人总分分合合，可我们却越爱越深。"初次恋爱、再次相遇的男女一定喜欢，但经历多了，就会明白不是那么回事儿了。复合后你才会知道，第二次分手的原因和第一次一模一样。复合不是破镜重圆，更多的是重蹈覆辙，就像是系统存在一个Bug，如果不修复，无论你杀毒多少次，电脑加速多少次，重启后仍然是死机。

我常想："为什么我们就那么没出息，不争气，总惦记？刚哭完，一擦完眼泪就忘了自己上药喊疼的时候了。"

也许是因为空虚吧，我们大多空虚。

我有过一次七年间五分五和的经历，问题还是同样的问题，所有爱恨情仇全玩不出新花样了。原以为爱到死去活来，哪怕是自我也可以不要了，可在一次次分手一次次复合中明白，爱强求不来，坎儿也逾越不了，自尊不能舍，原则也不能毁。之所以复合，被甩的大约是因为惯性，不甘心，闲；而甩人的大致是因为幻想与现实的落差，也是闲。

一个朋友总会炫耀，自己和一个女孩初中谈了三年恋爱，高中又谈了三年，大学又三年多。爱一个人那么久，可真是不容易。外人一定会惋惜近十年的感情还分开了，太可惜了。可是呢，只有我们身边的人才知道实情，他们之间并没有多么深情，那么多年是不假，但那些年里他们分久必合，合久必分，只可惜掌控天下大势的人永远是她。最后分手时，终于闹得相互仇视。又过了几年，彼此发现了以前的幼稚，冰释前嫌，但一切再也回不到过去。

现在是分开了，也真的做到了依然是朋友的境界，还经常一起约图书馆，一起吃饭，一起聊天，但对于从前的许多事，几乎闭口不谈。偶尔会在深夜的网络里，草草表白与忏悔。听说，最近又聊得火热，心里难免有憧憬，但复合之类的话，想一想也就算了。

我也常会做一些自以为深情的蠢事，但只能感动我自己而已。我做的一切，无非是想让自己站在情感和道德的制高点，可以在心里说："你看，我是多么专情的人，是你不懂珍惜。"

其实，"情人最后难免沦为朋友"已是最大的奢侈，现在谁和谁恋爱，黄了就是黄了，分开之前两人说得透亮。

我不是那种等你玩够了回来，还会给你开门的人。你先想清楚，再离开。要是走了，咱们就分头走，谁也别回头，各自人海茫茫，人生一场。好聚好散，我们赚了。只有孩子才横冲直撞，大人的感情从来是拿捏有度、适可而止的。咱们都不小了，就别犯傻了。

永远不要低估一个女孩陪你同甘共苦的决心

我常在反思:"是不是现在的媒体风向把'钱'的概念吹乎得太高了?"听说,不能给女朋友买口红、不能带女朋友去豪华电影院的男人会被称作垃圾,逢年过节不给女朋友发红包就不配和姑娘恋爱。

认真地想,包括我,真的,我也发过一些类似的意气用事的内容。我的朋友圈,到现在还有"你们希望自己有趣,而我只想让自己有钱"的语句。

是不是出发点并不坏、只是希望男生多给我们一点爱的我们,无意中给了善良的男生们更多、更现实的压力,反而让他们望而却步?那些也许可以是激情燃烧的岁月从而变得空洞乏味,我们就此虚度了青春年华。

工作之余,我们常会在编辑群里聊家常,谈生活,谈感情,谈理想。群里的柯南说他的梦想是多赚钱,赚多多的钱,多到自己觉得是个国王,可以理直气壮地追求任何一个姑娘。

我们调侃他:"兄弟,灯光给你,话筒给你,说出你的故事,你是受过伤啊。"

"也没有……只是我十五六岁的时候,喜欢谁就一头热地跑去追。而如今,喜欢谁,要先从上到下地打量她穿什么衣服,背什么包。我得明白,我是不是能配得上人家,她要的东西,我有没有能力负担。"群里安静了。

我想起了一部电影里的场景:一群男孩踢球踢累了,懒洋洋地坐在操场上。夏天的空气里弥漫着恋爱的味道。主人公对兄弟们说:"那个长头发的女生是我女神,我超级喜欢她。你们帮我看看,给我打打气,我要向她表白!"

兄弟们很认真地给他参谋着,后来,坐在左边的一个男生说:"别去了,你追不到她。"

主人公问:"为啥?"

"你看看她的头发,那是时下最流行的颜色,但染那个色特别伤头发,她发质还能那么好,你想想,她用的是多少钱的洗发水和护发素;你再看看她背的那个包,那是我前任女朋友的梦想;你看那鞋,是LV(路易威登)的新款吧?看起来,她的年龄也就和咱们相仿,如果不是男朋友很牛,就是家庭很牛。无论是哪一种,你都没戏。"

听完一席话,主人公尴尬得手足无措,镜头给他身后阴凉处的那瓶准备给女孩的饮料一个大特写。

荷西曾经问三毛:"你想嫁一个什么样的男人?"

三毛想了想说:"要是我不爱,百万富翁也不嫁。要是我爱,千万富翁也嫁。"

荷西丧气地喃喃道:"说来说去,你还是要嫁个有钱人。"

三毛看了荷西一眼,说:"也有例外的时候。"

"那你要是嫁给我呢?"荷西问道。

三毛叹了口气说:"要是你的话,那只要够吃饭的钱就行了。"

"那你吃得多吗?"荷西问。

"不多不多,以后还可以少吃一点。"

后来,三毛嫁给了荷西,她和荷西在沙漠开始了一穷二白的日子。

你看,女人们总是口是心非。很多时候,她们喊着一定要嫁个有钱人,但最后还是嫁了自己爱的那个人。那些深刻的感情,从来不会因为物质而夭折。

老王是很多人口中那种非有钱人不嫁的姑娘。然而,可能只有我知道她之前男朋友的实际情况。男生曾经很有钱,但老王没赶上。

自他俩认识,男生就很穷,穷到信用卡欠了二三十万元,只能来回倒卡还钱。老王对我说:"你不知道那种生活,真的很累很累,很疲惫,又很害怕,害怕万一会有还不上的那一天。"即使如此,老王踏踏实实地和男生过了两年,甚至一度考虑过结婚,畅想过他们的婚礼。虽然后来他们因为一些原因而分了手，但在那段艰难的日子里，她给予了男生多大的支持，可能只有那个男生自己才懂。

后来，我们的圈子里流言四起，很多人说老王是因为男方没钱而离开的。然而，还没等老王说什么，那个男生就先压不住火跳出来了，他愤怒地骂了那帮造谣的人。一骂完，自己也哭了。

那天在酒吧里，他泪眼模糊地说："我得谢谢她，两年里，跟着我，她没少受苦。她长相不输人，可那些别的姑娘有的东西，她一件也没收到。从她认识我的那天起，我就是一副要死不活的样子，现在两年过去了，我依然没有一点改变，还是过着浑浑噩噩的生活。小王是一个上进的人，是个对生活有要求的人，可她从我身上看不到任何希望。我没好好爱护她。没能做出个样子给她看，给她家人看，是我的错，当失望越攒越多的时候，她只能离开我。"

老王和他在一起时二十八，分手的时候，三十岁。中国的传统观念说，女人三十豆腐渣。那两年是她最末尾的青春，她是真的认真想过要和他结婚，不管他有没有钱。

那天他喝了不少，走的时候还嘱咐我们：一个姑娘一开始愿意跟着一无所有的你吃苦，到最后她即使离开，也绝不会是因为你穷。

现在，多少男生说女生物质，自己没车没房女孩就不愿意嫁给他们。但是，男孩们不知道，多少姑娘正为了一个个一无所有的男人默默持家。

我见过优秀却心甘情愿裸婚的女人，她们同样娇俏可爱，温柔善良，能把生活过得活色生香。我见过满臂文身的人在公交车上让座，也见过人民教师进酒吧摇头晃脑。

农民工盖楼冻烂了双手，KTV 的姑娘在包房里被客人一个劲儿地灌酒，可他们的钱都寄给了老家的爹娘。大家太擅长伪装了，穿得靓丽帅气，不一定就是绅士；打扮得暴露性感，也不一定就是坏女孩。每个人有自己的故事，你可以不理解，但请不要胡乱猜忌嚼舌根子。

那些离你而去的女孩，不是嫌你穷，她们只是看不到你对未来的信心。永远不要低估一个女人的爱情，她的心里，满是坚定地陪你同甘共苦的决心。

我是你漫漫人生中只配错过的好人

我特健忘，但只要是温暖过我的人，我会铭记在心，温暖过我的故事，我会一笔一画地写在本子上。我希望自己回头的时候，会发现生活给过我的，不只是苟且和到不了的诗与远方，还有那段异常艰难但我不是一个人在走的旅途。

可能是我比较轴，一旦喜欢一个人，就会一直喜欢；一旦得到想要的东西，就会倍加珍惜；一旦喜欢一部电影，就会翻来覆去地看。只要是我喜欢的，怎样也不会腻。

星爷的《大话西游》，从小到大我看了不下十遍，还是舍不得从网盘里删掉。《大话西游》的神奇之处在于我每次看到的人物一样，感情却变了。小时候看电影，看的是剧情，时常捧腹大笑。稍大一点，看的是人物、情感，而现在，看的是人生感悟。

初中的时候，数学老师沉稳又幽默，他讲课时，偶尔会冒出两句金句，让你觉得醍醐灌顶。他时常说："没事儿可以多看看周星驰的电影。不仅仅是搞笑，还有很多人生道理，那是现实生活里成人需要的东西。"那个时候，我倒也认认真真地看了。紫霞用剑比着至尊宝，至尊宝说出了旷世的爱情谎言，紫霞含泪扔下剑，城墙上的至尊宝拥着紫霞，看着大摇大摆的孙悟空说"那个人好像一条狗啊"，我觉得又傻又好笑。

现在看，发现很多东西都不一样了。突然意识到，"那个人好像一条狗啊"就像小孩子看着为生活奔波劳累的大人一样。未经世事的时候，我们也曾放纵不羁、挥斥方遒地生活，长大后在生活和远方的顾盼之间学会了收敛自己，情绪也好，行为也罢，大多中规中矩，我们要一个安稳踏实的生活。

～～～～～～～～～～～～～～～～～～～～～～～～

电影里，紫霞眼里闪着光说意中人会踏着七色祥云来娶她。那种闪闪发光的模样，是每个恋爱中的女生都会有的。紫霞不遗余力地要至尊宝爱她，小女人的爱慕尽在她看向至尊宝的眼里。没人教我们怎么去爱，所以我们才爱得坚定无畏，爱到奋不顾身，愿意去赌一生的幸福。

每一次看到孙悟空头疼欲裂抓不住紫霞的手，我总会难过到落泪，一再错过的结果是生离死别。人人盼望"有情人终成眷属"，至尊宝被孙悟空附身吻向紫霞的那一刻，我的内心和城下人一样是欢欣的。

即便有月光宝盒，可他们一直在错过。白晶晶喜欢孙悟空，孙悟空喜欢紫霞，紫霞喜欢至尊宝，至尊宝喜欢白晶晶。错的时间里遇到对的人,还是会分开。人的出场顺序很重要,往往陪你喝醉的人不能送你回家。

现实生活中,朱茵是个敢爱敢恨的女人。她对星爷爱得强烈,断得决绝。只是因为爱得浓烈深情,才会老死不相往来,相忘于江湖吧。如今,朱茵已经有了幸福的家庭。而星爷至今未娶,谁又敢说,他没有后悔过失掉她呢?作为旁观者,我们不得而知,也不好猜测。

错过的,就再也回不去了。正是因为死心塌地地爱过,才心灰意冷地离开,回过头也没那么爱了。可能,我是你漫漫人生中只配错过的好人吧。

真的，并不是女生太难追

曾听一个长者说："其实，我们男人要的不多，只不过是下班回家有口热饭吃，有人在等我，希望累时能有句宽慰的话，所谓的高官厚禄、锦衣玉食、宝马貂裘都比不上。"那段话曾一度被我奉为人生真理，我想找到那样一个男孩子，给他一个家，做他风雨夜归时的那盏灯，在那间熟悉的屋子里做他的守门人。

可是，渐渐地，我和越来越多的女孩发觉，如今男生追女生越来越敷衍和漫不经心了。我真的没有多难追，可我也真的能区别"广泛撒网，重点捞鱼"和"对一个人死磕"的区别。

并不是现在的女生太难追，而是很多人太容易放弃。总想要结果，却不希望过程太长，想在一起，却不想付出。

很多时候，再多的寒暄、再多的甜言蜜语都不如一句"有我在"来得安心。

昨晚，在空间翻到三年前的圣诞节照片，便和朋友感慨，时间过得真快，好怀念那时候无忧无虑整天刷朋友圈，横穿北京各大酒吧和音乐馆的自己。

那时候，到底是年轻，哭笑不藏着；那时候酒量差，喝两杯就倒，又喜欢凑热闹，所以纵横夜场多年，人送外号"果盘杀手"。那时候，总是和朋友们蹦迪，她们喝酒我吃西瓜，她们吹牛我吃西瓜，她们蹦迪，我还是在沙发里窝着吃西瓜。然而，那时候的男生，不会灌酒，不会趁着黑偷偷摸女生的腰，他们很小心，很谨慎，发个微信，开头都是"你好"。

那时候年纪小，却能感受到那种被真正呵护、宠爱，被小心翼翼珍惜的感觉。如今我们越来越大了，怎么越来越体验不到这种感觉了呢？

并不是现在的女生太难追，而是现在的渣男太多。容易被辜负的，永远是那些天真又心软的人。毕竟，好骗又好欺，伤疤一好，就忘了痛。

我把自己的想法告诉周围的朋友们，她们说同感啊，现在真的很难遇到一个用心的男生了，追女孩变成一件太简单粗暴的事情。

现在的感情，就像明码标价似的。于是，女生们收到的温暖越来越少了，但收到的礼物越来越贵了。

并不是现在的女生都太难追，而是现在的男生都太不认真了。出手阔绰的大有人在，可是肯于用心的人却寥寥无几。

我曾试图反思自己，我为什么会单身，会被剩下来呢？可能，是爱会唤醒我的占有欲、控制欲、疑心病，也会勾引出我的狭隘、自私、敏感。那就像是一种恐吓，你看，我并不是你期待的那么好、那么完美，你看清楚了吗？还要继续靠近吗？

你要是无所畏惧地留在我身边，我就给你看我的全部，给你最温柔的，给你最忠诚的，还有最甜蜜的。可是，男孩子们往往是过了第一阶段就陆续离开了。那种感觉，像是进度条已经进行到了百分之九十九，我准备好了婚纱和满满的一颗心，准备再等那么一小会儿就向你狂奔而去，结果，透过城堡的窗户却看到了你转头离开的背影。

身边的男生朋友说："现在，姑娘太矫情，太难追了，半天也不给个回音，不知道她们是怎么想的。行就行，要是不行，谁也别耽误谁，不断地猜测太累了，老子不追了。"可是，并不是现在的女生太难追，她是在等待一个可以交付未来的人，而追一个人，本身就是一件幸福的事啊。

其实，错过很简单。在男生的世界里，你爱我，你就不会走；而在女生的世界里，你爱我，就会来找我。最后，你没有挽留，我也没有回头。一瞬擦肩，一辈子不见。

其实，能留住一个女生的，未必真的是爱情，也可能是呵护。每个女生，不管表现得多么强大，内心依然渴望被人爱护，而享受别人的照顾，的确是会上瘾的。"爱你的"之所以能打败"你爱的"，是因为人性的需求是一样的。我们孤单地来到世界上，是为了找到一个人，能对自己好。面包我自己赚，爱情你给我就好。

男生们，并不是现在的女生太难追了，而是大家对待感情的态度越来越玩世不恭了。

五岁的时候，你可以只为捕捉一只蝴蝶而跑到一公里外的田野；十岁的时候，你可以只为一支冰激凌，跑遍大街小巷的商店；十七岁的时候，你可以为了喜欢的人，一个人去陌生的城市；而二十七岁的时候，你可以只为了生活，随便就找了人过一辈子。你嘴上说："现在的姑娘啊，越来越难追，越来越矫情，挥霍别人的真心。"其实，你心里明白，哪里是女生难追，是自己越来越懒了，懒得去爱，也懒得被爱。

一颗心，要伤多少次，才会被迫选择放弃；一个人，要傻等多少回，才知自己只是多余，最后，把悲伤留给自己。如今冰封的心，曾经是最热烈的；如今无情的人，曾经也是最深情的。

真的想寂寞的时候有个伴
日子再忙　也有人一起吃早餐
虽然这种想法明明就是太简单
只想有人在一起　不管明天去哪里
爱从不容许人三心两意
遇见浑然天成的交集　错过多可惜
如果我是真的决定付出我的心
能不能有人告诉他　别让我伤心

夏天太热了，我想和你一起买第二杯半价的冰饮；夏天太闷了，我想和你一起腻在家里，你一勺我一勺地吃西瓜；夏天太烦了，我只想看见你，和你在一起。

我真的很喜欢你，拜托你，再往前走两步，再稍微用心那么一点点，再试探性地约我一下，再赌气似的勇敢一回。

我想拥有你，能不能有人告诉你，别让我伤心。

以前觉得喜欢能当饭吃，现在觉得还是饭好吃

克劳德·勒鲁曾经描述爱情："以前，我给爱人写一封信，要两个星期才能到，还有两个星期才能收到回信，可我觉得无比幸福，四个星期于我而言，美好到无与伦比。"

爱情需要时间的考验，也需要虚幻的想象。

以前，收到三页纸的情书，要读上二十次，每次会有不同的感动，每次会体验心动的急促。可现在，情人们随时可以发短信通电话，一言不合就删微信、拉黑好友，当作从来没有认识过。人们三天内就熟悉到不能再熟悉，五天内就可以将所有的神秘和好感消耗殆尽。现在，感情来得太快了，走得也太快了。

之前，我看电视里的相亲节目，看着男女嘉宾一个个站在台上，侃侃而谈，说着自己的理想、目标。大家一本正经的模样会让

我忽然很想笑,感情似乎太轻易了,台上十分钟,就能定下来两个人以后要不要在一起。

然后,我解锁手机,发了一条微博,我说:"现在的相亲节目真厉害,几句话就能在一起了,一夜情还要摇一晚上骰子,喝得死去活来,还要在璀璨灯光下仔细分辨姑娘脸上抹了几层粉,琢磨眼前的人脱了外衣究竟是男是女。"

周围朋友的对象,就像开春刚冒芽的韭菜,一茬接一茬。一开始,我还有意记着姑娘的生日和名字,后来发觉纯属多余。等不到姑娘过生日,我的嫂子就换了一拨又一拨,涉及人数太多,记不过来。关系好的,可能一起喝四五回酒,关系不好的,可能见完一面,从此后会无期。后来,我压根不记记名了,见面就是清一色的客气套路:"哟,来啦,嫂子好,坐坐坐,随便点。"

如今的感情是快消品,保质期太短,短到可能不超过一夜。但大家也好像习惯了,没有人太介意。用二欢的话说:"现如今,你是三嫂,我也是三嫂,究竟还有多少人是三嫂,咱们谁也不知道,谁能保证自己身边的男人没和隔壁桌的妞儿睡过觉?"

我问她:"你也不年轻了,马上'奔三'了,不准备好好谈个恋爱成个家啊?"

她点上一支烟,吸了一大口,说:"谁能说不希望,但现在我确实不抱什么希望。"

小时候我常会问奶奶:"你和我爷是怎么认识的啊?"

奶奶带着几分害羞、几分腼腆告诉我,爷爷总是会绕远路,特意去帮她家收粮食；每次家里做好吃的，他就小跑端着饭盒给奶奶家送过去。那时候，不讲什么我喜欢你，我爱你，只是揣着一块糖，放在她手里；那时候不发短信，不聊微信，用钢笔一字一句地写下来想念的字字句句，每句带着矜持和含蓄。

听完，我又在想，以后我们的孩子问起我们，我们该怎么回应？

"爸爸，你和老妈是在哪里认识的？"

"酒吧。"

"妈妈当时在酒吧干吗？"

"你妈坐在灯下抽烟。"

"那你和妈妈的第一句话是什么？"

"顺子为零，豹子为六，三局两胜，一次直接吹一瓶！"

"那你是怎么追到手的呢？"

"那天晚上，音乐很震，灯光很闪，我叫了六个一她都不开我的，看她挑逗的小眼神儿，我就知道我和她肯定有故事！"

我们的社会在不断前进，可爱情却好像在逐渐倒退。我真怕哪一天我们像原始人一样，拎着一根棒子，看谁好就当头一棒，抱回山洞，再理所当然地结为夫妻。喔，忽然发觉我们还不如原始人，最起码，他们还懂责任，明白抱过的人就要娶她为妻，看起来野蛮，但还总惦记着责任。

可如今，我们不需要棒子，不需要武力，两杯酒，一个眼神，一张快捷酒店的房卡，第二天早起，各自穿上衣服，昨夜就当回忆，让它悄无声息地过去。

心理学上说，一个人对另一个人的好感，最多存在四个月。

认识的许多情侣步入了婚姻殿堂，但不少人在爱情长跑中曾经不忠，大家心照不宣，甚至作为朋友，还会主动帮他们遮掩。每次婚礼，看着新人们热泪盈眶地念着誓言，我从没怀疑过他们在那一刻的真诚，可你也知道，人性是多么幽深复杂。参加了好多场婚礼，也听闻了很多人离婚的消息。千帆看尽，我变得能理解一切，也无法深刻地相信所有。

火锅可以一个人吃，但感情得两个人一起经营，感情就像养孩子似的，要是一个处处尽心竭力，一个爽完就走，那感情早晚玩儿完！你要明白，清晨的粥比深夜的酒好喝，骗你的人比爱你的人会说。

以前，我觉得喜欢就能当饭吃，转悠了一圈儿才发现，还是饭好吃。就用二欢发给我的一段话结尾吧，我觉得那像极了我们如今的婚恋观。

"他送了我一只捡来的野猫，那是只怎么养都养不温顺的猫，我手上腿上脸上全是它留下的抓痕和牙印，每到深夜，它才会安静地蜷缩在我的身旁入眠。"

愿你找到一只好猫。

我取消了你的微信置顶

人和人之间的关系挺微妙，可能会因为一件小事情忽然就变得亲密，而让两个彼此陌生的人从无话不谈变得亲密无间的理由很简单，比如共同的兴趣爱好、共同的偶像，又或许只是一句话、一个眼神，彼此就能心领神会。然而，容易亲近的感情也是极其薄弱的，可能会因为一次不愉快的对话、一次意见不合便就此分道扬镳，你走你的阳关道，我过我的独木桥，从此山水不相逢。

我们知道感情脆弱，才会变得不可理喻，总是将最坏的脾气留给最亲近的人，最多的宽容、最好的一面留给陌生人。那时候的我们，一直在心里衡量着彼此之间的度。我们希望无论自己是任性取闹还是大发雷霆，你都不会离开我。

你给妈妈发短信，妈妈不回你，你一般不会心慌。你给对象发短信，对象不回你，你也许会心慌。为什么？你确定妈妈爱你，而不确定对象爱不爱你。只有不确定的东西，才会让人患得患失。

我们处在一个科技发达的时代，不用赶着马车、写书信，满怀期盼地与人联络。如果我们想念一个人，我们可以视频、语音、电话，只要动动手指就可以。我们可以坐飞机、乘火车，只消几个小时，就可以出现在他面前。

时代进步快，感情消耗也快。以前，慢节奏的生活里，只够爱一个人，现在够爱好几个。

那天，我和学姐聊天，说到喜欢一个人的小心思，默契地谈到一点：为了及时收到对方的消息，我把自己觉得重要的人设置了微信置顶，QQ 设为特别关心，微博是特别关注，电话备注以 A 字母开头，来电更是选择了特别铃声。

学姐忽然说："你知道吗，其实对方什么也不知道，多数时候，就不过是自己的内心戏而已。曾经，我喜欢了好几年的男生过生日，我赶着零点给他发了'生日快乐'，用心敲了很长的一段话，他回了我一句'谢谢'。那时候，我觉得好难过。于是，我取消了他的微信置顶，改了备注，取消了特别关心、微博关注。最后，我悄无声息地离开了他。"

是啊，再热情的心也经不起冷漠，再爱你的人也经不起冷落。

不知道从什么时候开始，我们和曾经最亲近的人，不再勾肩搭背，不再互相嘲讽骂着"傻子"。我们之间多了谢谢，多了小心翼翼，多了那些客套话。

我记得自己以前挺嚣张的，跟你什么话都敢说，什么表情包都敢发，但渐渐地，我生怕一个不小心，就惹得你不高兴便失去了你。为了维持我们的感情，我说话再三斟酌，我开始感到辛苦、疲惫。我们不知道该怎么去靠近对方了。

真正的离开，是悄无声息的，没有大吵大闹、胡搅蛮缠，只有一个人痛哭流涕，只是悄悄地从自己的生活里一点点剥离对方的存在。从很特别到陌生，只需要我不找你、你也不找我而已。我们逐渐接受了对方从自己的生活中一点一点抽离、一点一点消失，直到习惯了没有他。

感情不是一天就能消失的，在你不知道的漫长岁月里，在你每一次的冷漠里，想要离开你的人在努力积攒着勇气和失望。

今天天气晴，风和日丽，宜披上风衣，离开你。

后记
人生的路，每一步都算数

每个人生命里的每一天，都会有很多故事，或精彩，或悲哀，不管你愿不愿意，日子每天都在不停地往前走，故事也似乎永远讲不完。

我经过了多少个日子，数不清了，也积累了大量的故事，但又不知道它们之间应该怎么排序，怎样分出个先后。

很多时候，认识了一些人，经历了一些事，我想记录下来，可是没等写完，故事就结束了，人也走散了。面对一个知道了结局的故事，再回头写中间那些让人怦然心动的瞬间，语气和情绪，好像就不太对了。

我的电脑里有一个专门的文件夹叫作"未成稿"，那些是我写到一半，却又写不下去的故事。

我实在记不起来，我的日子是如何一下子变得杂乱而毫无头绪的，但是不管怎样，生活总会有个先后始末。尽管故事从开始到结局，出人意料，不尽如人意，可它的的确确发生过，它在我的生活里、心里走过那么一趟，激起过千层的浪。即使浪平了，但是，我心里荡过。

我明白的。

或许每个写字的人会希望自己的故事能有一个好的开头，也许故事短暂，也许它漫无休止，就像是我们的生命，从出生到死亡，有的人仅仅经历了一个瞬间，还没来得及睁开眼睛好好看看繁华盛世就沉沉地一睡不起，而有的人，则是点点滴滴地度过了很多年。而我希望，我的故事和生命都是漫长而美好的。

从五年前开始，我就无数次地动笔，想写点什么东西，我想在年轻的时候用一个年轻人的眼光记录下我身边的变化，描写我们的生活状态。起初，我写了很多次，每次进行到一个阶段的时候，生活中就会毫无预料地发生一些事，以至于我始终无法平心静气、安心地坐下来认真完成我的作品。留下了无数个版本的开头后，终于无疾而终。

刚开始，我的想法很简单，就是单纯地记录我和身边人的实际生活状态，我想用一小部分人的生活反映一个年龄层次的人的心路变化。我也和好多男孩说过，你会成为我书里的男主角。其实，每一次说的时候，我是无比诚恳无比衷心的，真的希望两个人可以一路相伴，走到最后。可是，最后就感觉像是一句玩笑，我干脆也不说了。

我辜负过别人，也没少被人辜负过，来来回回那么多趟，才发现，每个人只能陪我走一段路。仅仅一段路而已，或长或短，终究是要分开的。

没等书写出多少，我的男主角们，一个个悄然离场，消失在我的生活中，导致我回忆的时候，觉得就像是一场梦。梦醒了，也就算了，爱不爱的，好像再思考也显得幼稚了，更没什么过不去的了。

表白是真的，但未必真的就会有好结果。要经历过多少次无疾而终，才能释然和豁达呢？我还是会心动，还是会喜欢，但就像是生活的免疫反应，日子久了，自我保护的警戒线再也不能轻易为谁降落了。

你来了我欢喜，走了我不送。

我希望的生活状态是可以随心所欲去吃饭、睡觉，没有局限性，没有人在我耳边喋喋不休地通知下一步要做什么做什么，我要如何如何。

我饿了就吃，困了就睡，醒了，想写就写，不用为任何事情担忧和发愁。我用了很多年的时间去寻找理想的状态，可终于找到之后，却又感到无比心慌。小时候，我们口口声声地振臂高呼，要自由。然后，终其一生在追求"自由"的状态，可人生哪有绝对的自由呢？

自由是需要代价的，比如，你要为你所有的行为独自埋单。

人说脚上的泡是自己走路磨的，但我想说，人生所走过的路，每一步都算数。

我真的记不清我到底写过多少字了，十万？五十万？一百万？或者更多。只是记录得太分散了，分散在各个本子上，分散在每一个手机的备忘录里。就像是撒了一地的绿豆，一粒一粒，你知道它们在，但终是不能全部捡起了。

不过，退回去想想，经历了，也就值了。好的坏的，都认了。

我总会无心成就一些厉害或者做一些极度怪异的事情，不过，它们成就了今天的我，让我如今能淡然地写下我的点点滴滴。

"说不定我一生全凭意念，侥幸汇成河。"

我不知道多少人和我有一样的习惯，我会定期不定期地回头看看以前的照片和写过的字。我发现，原来一个人最明显的变化在眼神，我再也回不去十几岁时的目光澄澈了。

倘若你回头看看，翻一翻老照片，那时你的眼神和今日已是两种状态。最先苍老的，总是眼神，眼神不会骗人也掩饰不了。是的，你的眼睛、你的气质里藏着你走过的路、遇过的人和经历过的事。

倘若每个人较真儿地写下自己的所有经历，我们每一个人将会是一本本厚厚的书，不次于《辞海》《百科全书》，那是一个人的一生，不止一部百科全书。

不可否认的是，故事就发生在我们青春的年代里，在我们每个人的身上都留下了或多或少的痕迹。我认为，不管结果是喜是悲，你是赢是亏，每一个故事，都是有价值的，因为只有故事的发生，才会有我们今后的思考。

我们终将老去，清澈的目光也会一点点变浑浊，不知我们失去了风华正茂的年纪之后，再去看年轻的故事，又会有怎样的一种触动？是喜是忧，还是觉得幼稚可笑？

人匆匆地长大，很多时候，我们甚至来不及去看看自己曾经走过的路。

如果你走累了，不妨停下来看一看。

人生，每走过的一步，都算数。